KB024168

우린 더 뜨거워질 수 있었다

강기희 시집

우린 더 뜨거워질 수 있었다

달아실기획시집
20

달아실

일러두기

1. 본문에서 하단의 〉는 '단락 공백 기호'로 다음 쪽에서 한 연이 새로 시작
   한다는 표시임.

2. 보조 용언과 합성 명사의 띄어쓰기 등 본문의 맞춤법은 시인의 의도에
   따른 것임.

평생 소설가로 살아왔지만

죽기 전 시집 한 권은 내고 싶었다.

서사를 다루는 소설과 달리 내면을 마주하게 되는 시 쓰기는 늘
즐거웠다.

이제라도 그 꿈을 이룰 수 있게 되어 기쁘다.

(다들 고맙다)

2022년 덕산기계곡 숲속책방에서
강기희

차례

우린 더 뜨거워질 수 있었다

시인의 말　　5

1부

살쿠리 1　　14
살쿠리 2　　16
최태규 옹　　18
자꾸만 물었다　　20
장백 유감　　21
어떤 사기꾼　　22
통일책방 1　　23
통일책방 2　　24
폭설　　25
복수초　　26
석불　　28
군청 앞에 가면　　29
소문　　30
일출　　31
어느 성탄절　　32
돌아가셨다는 말　　33
욕망의 화신 — 김기덕 감독에게　　34
고공농성　　35
평화반점　　36
메밀국죽　　37

2부

유월의 송구 40

감자간 42

도깨비 삼춘 43

도깨비 소沼 44

그런 날 있었다 45

덕산기에 오시려거든 46

블랙리스트 48

안부 49

마을 변천사 50

내 생전에 51

당신이라는 말 52

연탄 54

몰래몰래 56

전설처럼 57

물매화 58

샤갈의 마을에 내리는 비 59

용식이 동생 용환이 60

투항역 62

먹이 사슬 65

3부

그 섬엔 갯벌이 없다　68

청원식당　69

모든 건 잠시 잠깐이더군　70

벌　72

바다　73

사람 참　74

아침　75

불길하다　76

동강, 이제 그대의 이름을 다시 부르지 못하리　78

폭설의 나라　80

다리 하나 가지고　81

청심대에서　82

백조일손 묘 앞에서　84

속도　86

견벽청야　88

회전목마　91

탁영주　92

후생에는　93

따질랍니다　94

봄장마　95

4부

산국아리랑　　98

몸빵　　99

몰랐다　　100

돌림병　　101

어머니　　102

시래기　　103

홍역　　104

생존율　　105

삐라에 관한 추억　　106

그런 날 올까　　108

선택　　109

사람이 가장 무섭지요　　110

사북사태　　112

취생몽사　　113

위장 취업　　114

정월대보름　　122

UFO　　124

합석　　126

화절령　　129

126년 만에 쓰는 新사발통문　　130

5부

백두대간에 핀 무명 꽃들이여!　134

강기희에게 띄우는 시편들

정선에 간다 | 손세실리아   154

도깨비 서점 | 전윤호   156

정선에서 — 강기희에게 | 나해철   158

해설_ 함께 살기, 함께 아파하기 · 최광임   159

1부

살쿠리 1

쓴바구나 고들빼기 사촌쯤 될까
여름 날 보리밥에 넣어 썩썩 비벼 먹으면 별미인
살쿠리*

우리 동네에서 살쿠리라고 부르는 그 푸성귀를
개마고원이 고향인 늙은 귀순 용사는 쉬틀리라고 부르
던데
연변에 갔더니 쉬틀래라고 하더라

안중근 의사가 순국한 뤼순감옥 마당에도 살쿠리가 있어
그날 고추장에 찍어 술안주로 했는데,
연변 명동촌에 있는 윤동주 시인 생가에 가니 살쿠리가
지천이라
반갑다 반갑다 하며 뜯어
쉬틀래 쉬틀리 하면서 취했다

안중근과 윤동주와 내가 살쿠리를 두고
서로 살쿠리가 맞다 쉬틀래가 맞다 쉬틀리가 맞다, 라며
술잔을 주고받던
〉

잎을 따면 쓴 흰 액즙이 맺히는,

안중근의 쉬틀리
윤동주의 쉬틀래

* 살쿠리: 사대풀.

살쿠리 2

몇 해 전 백두산과 간도 일대를 둘러보는 여행에서 도무지 중국 음식이 맞지 않아 고생을 많이 했다 중국 특유의 둥근 상에 차려진 음식은 제법 많았으나 먹을 게 없어 챙겨간 고추장을 푸석한 밥에 비벼 먹곤 했는데 그것도 몇 끼가 이어진 데다 독한 중국술을 연일 마셨더니 속 또한 편치 않았다 날까지 독하게 더운 날 도착한 뤼순감옥 마당엔 뙤약볕이 쏟아졌고 감옥을 구경하려는 소년 같은 중국 군인들이 땀 냄새를 풍기며 줄을 서서 입장을 기다리고 있었다 나는 속도 불편한 데다 고온의 날씨를 견디지 못해 이 더위에 저길 꼭 구경해야 하나 하는 불경한 생각까지 했었다

뤼순감옥에 들어가자 몸은 늘어진 엿가락처럼 감겼다 건물 내부는 그늘이었으나 좁고 작은 공간을 가득 채운 중국 군인들이 내뿜는 열기로 숨조차 쉬기 힘들었다 일제 강점기 대륙을 놀라게 한 안중근 의사의 글귀와 교수형 장소 그리고 시신을 감옥 밖으로 내간 시구문까지 둘러본 나는 붉은 벽돌로 지어진 뤼순감옥 마당가에 퍼질러 앉았다

〉

러시아가 지어 일제로 넘어간 뤼순감옥 외관은 평화로 웠다 하지만 감옥 안에서 일어난 일들은 붉은 벽돌이 주는 의미처럼 피의 공간이었다 이국에서 독립운동을 하다가 죽어간 수많은 이들 중 이름조차 전하지 못하는 이들도 있었다 의롭게 죽어갔지만 의로운 대접을 받지 못하는 그들의 심사를 대변했을까 뤼순감옥 잔디 마당에 그들의 숨결인 듯 영혼인 듯 민들레가 피어 있었는데 그 색이 곱기도 했다

나는 민들레꽃 사이에서 반갑게도 살쿠리를 발견했는데 마치 조선의 것인 양 반갑고 고맙고 하여 눈물이 다 났다

'혹, 안 의사 아니시오?'

최태규 옹

정선 석곡 좌사가 고향인 최태규 옹은
3·1 만세 운동이 일어난 해에 태어나 정선에서는 드물게
일본으로 유학 가 법학을 전공한 엘리트

해방 후 서울에서 신문 기자로 활동하다가
스물아홉 나이로 고향 정선에서 제헌의원에 선출되어
촉망받는 정치인이 되었으나
이듬해인 1949년 반민특위 위원에 선임되어 활동하다
가 이승만에 의해 빨갱이로 몰려 서대문형무소에 수감되
었다

(국회 프락치 사건)

한국전쟁 와중 인민군에 의해 풀려난 최태규 옹은
뒤도 돌아보지 않고 그길로 북으로 넘어갔다
그의 죄라면 특급 친일 경찰 노덕술을 건드린 것뿐
해방 공간 노덕술에게 뺨 맞고 사흘 밤낮을 울었다는
약산 김원봉보다 서럽지는 않았으나
친일파가 애국자요 민족주의자요 권력이라는 건 늦게

깨달았다

　이후 원산시장까지 지낸 최태규 옹은 북에서 몇 해 전 사망하였는데

　끝내 고향인 좌사 마을로 돌아오지 못했다

　친일파와 미국을 등에 업은 이승만의 한판승!

자꾸만 물었다

뤼순감옥 뒷뜰에서 조선질경이를 만났다

참 질기게도 살아왔구나
그래 이등박문을 죽인 안중근은 보았더냐
뭐라 하더냐
혹, 두려움에 떨지는 않더냐
조국을 그리워하지는 않더냐
가끔은 가족 걱정에 눈물을 보이진 않더냐
걸을 때 가슴은 활짝 펴고 걷더냐
일본 간수놈 앞에서 고갠 당당하게 들더냐
보름달이 떴을 땐 뭐 하더냐
형장으로 갈 때 다리는 떨리지 않더냐
그날 까마귀는 날지 않았더냐
눈은 내리지 않았더냐

자꾸만 물었다

장백 유감

백두에 간다고 다 푸른 천지를 만나겠나

　몇 해 전 국제평화대행진단 일행으로 중국을 거쳐 백두산으로 갔다 정전 60년 평화협정 체결 촉구를 천지에서 해보자는 심산이었으나 강한 바람과 함께 쏟아지는 우박 같은 빗방울로 인해 몸을 가누기조차 힘들었다 안개에 가려진 천지는 간데없고 표식만 있는 천지에서 우리는 서로의 몸에 의지한 채 품어간 펼침막을 펼쳤다 팔을 치켜들며 조국 통일 만세! 구호를 외치는데 천지를 지키던 중국 공안이 달려와 순식간에 펼침막을 압수했다 젊은 공안이 인상을 쓰며 중국말로 뭐라 소리치는데 비바람에 들리지도 않았다 천지에서 벌인 시위는 그렇게 십 초 만에 끝이 났고 공안에게 쫓겨 천지를 떠날 수밖에 없었다 서럽기도 하고 분노가 치밀기도 하여 미국놈들 욕하다가 일본놈들 욕하다가 마침내 중국놈들까지 욕하면서 우리는 비 내리는 장백폭포 아래에서 팩소주를 들이켰다

　장백에 간다고 다 푸른 천지를 보는 건 아니었다

어떤 사기꾼

눈이 펑펑 내리는 날이면 얼음 꽁꽁 언
백두 하고도 천지 한 귀퉁이에 자리 잡고
마오와 일성 좌진 원봉 중근 채호 회영 봉길 등을
오라 하여 술판이라도 벌이고 싶다
— 승만이 그 새끼 요즘도 하와이에서 독립운동 한답시
고 사기치고 있네?
하면서

통일책방 1

살다가 생이 지루해질 무렵 덕산기 숲속책방 접고 북녘 땅 물빛이 순하고 고운 어디쯤에다 작은 '통일책방' 하나 열었으면 좋겠다

경상도 말투를 쓰는 시인과 전라도 말투를 쓰는 소설가와 충청도 말투를 쓰는 화가와 함경도 말투를 쓰는 무용수와 평안도 말투를 쓰는 소설가와 황해도 말투를 쓰는 소리꾼과 경기도 말투를 쓰는 장구잽이와 정선 말투를 쓰는 내가 책방 앞 평상에 모여 앉아,

통일을 꿈꾸다 죽어간 이들도 떠올리고 황진이와 논개 매창도 불러내고 백석과 소월도 불러내고 안중근도 불러내고 김일성도 불러내고 호치민과 모택동 레닌 스탈린 김구도 불러내어, 731부대 출신 왜놈 두엇과 노덕술 등 악질 친일파 몇 놈도 끌어내 술심부름 시키면서 몇 날 며칠 책 읽다 술 먹다 노래하다 춤추다 어느 순간 숨이 딱 멎었으면 좋겠다

통일책방 2

통일이 되면 맨 먼저 달려가
백두산 아래 삼지연이나 개마고원 그도 아니면
천지 어디쯤에다
통일책방이라는 간판 걸고
책방 하나 열고 싶다

— 어떻게 여기다 책방을 열 생각을 하셨습네까? 남녘
인민들은 책 안 읽습네까?
북녘 동무들이 그렇게 물으면,
— 남쪽 사람들은 돈 벌기 바빠서 책 안 읽습니다. 책이
팔린다 해도 부동산으로 돈 버는 방법이나 주식으로 돈
버는 방법 같은 책만 팔리지요
— 남녘 인민들은 돈 버는 방법도 갈켜 준답네까? 그런
건 고저 혼저만 알고 있는 거이라 하던데, 착한 인민들입
네다
— 너무 착해서 이제야 통일이 되었습죠

이런 대화 나누며 북녘 동무들에게
남쪽에선 팔리지 않는 내 소설들이나 팔며
남은 생 살고 싶다

폭설

사람 구경하기 힘든
산중에
이렇듯 눈이라도
찾아와 주니
고맙지

복수초

만항,
그곳에 가면 네가 있을 것만 같았다
바람에 부서지는 나무 등걸과 계곡 사이로 스며드는
따스한 햇살들

만항, 그곳에 가면 꼭 네가 있을 것만 같았다

그곳,
만항으로 가기 전날 밤
나는 바람 속으로 망명하는 꿈을 꾸었다

나는 만항재에서 정암사로 이르는 골짜기를
자장과 함께 바람이 되어
붉은 낙엽이 되어
찾아 헤매었지만 너를 만나지는 못했다

태백으로
사북으로
다시 집으로 돌아왔을 때에야
〉

밤새 내린 하얀 눈꽃이

서럽도록 그리운

너의 얼굴을 덮어주었다는 사실을 알아차렸다

석불

휴일 새벽 여섯 시
그 시간 갑자기 운주사엔 왜 가고 싶었던 걸까
동해의 일출도 아니고
태백산 천제단도 아니고
성마령 옛길도 아니고
느닷없이 전라도 화순에 있는 운주사는 왜 가고 싶었던
걸까
말 많고 어줍잖은 시절
나도 석불 옆에 서서 한 천 년쯤 입 닫고 살아보고 싶었
던 건가

군청 앞에 가면

어쩌다 군청 앞에 가면
단체 회장님이나
이장님이 많아
회장님이라 소리쳐도 다 돌아보고
이장님이라 소리쳐도 다 돌아본다
동네에서 이장과 회장을 해본 나도 가끔은 그 소리에
뒤돌아보는데
　그런 날이면 멋쩍어서 괜히 머리를 긁적이곤 했다
　시골 살면 이장 한 번 회장 한 번 해보지 않은 이가 없고
　이장 일을 하면서
　회장 일도 하고 회장 일을 하면서
　이장 일도 하는데
　그게 다 시골 동네 인구가 줄면서 생긴 일이다

소문

　아침 시간, 산등성이에서 수직을 서고 있는 굴참나무 초병을 불러 간밤의 보고를 받는다 굴참나무가 보고하길, 누가 누굴 죽이고 누가 누굴 복수하고 누가 누굴 사기치고 누가 누굴 성폭행하고 누가 누굴 사찰하고 누가 누굴 협박하고 누가 누굴 사랑하고 누구의 집이 불탔고 누가 눈길에 사고를 냈고 누가 누구의 동영상을 유포했고 누가 누굴 미투하겠다며 이를 갈았고 누가 누구의 치마를 들췄고 하는 소문이 간밤에 돌았나이다

　(그래서 산협에 바람이 불었구나)

일출

바다는 태양이
제 몸을 뜨겁게 안아주는
그 고마움 잊지 못해
하루 한 번
얼굴을 붉힌다

어느 성탄절

아는 사람에게 연락이 왔다

— 함께 지내던 아우들이 죽었는데, 보던 책이 제법이
야. 버리긴 아깝고…

해서 3백 리 길을 달려갔다

사십 대인 두 사람은 근자에 앞서거니 뒤서거니 세상을
떴고

그들이 남긴 것은 그림 몇 점과 읽던 책이 전부라고 했다

나는 그들이 죽어간 낡고 어둡고 추운 집에서 유품을
수습하듯 책을 꾸렸다

책을 정리하고 술이나 한 잔 하자는 어둠의 시간

고인들이 둘러앉아 담소를 나누었을 공간에 술자리를
마련했지만 술은 취하지 않았다

연통이 막혔는지 화목난로에선 연기만 매캐하게 나던 밤

철없이 눈발은 자꾸만 날려 떠날 길을 재촉하게 만들었다

— 책 고마워요, 갈게요

새벽이 되어서야 돌아온 산중은 영하 20도였고, 그믐을
향하던 하늘엔 별이 총총했다

돌아가셨다는 말

애초 내가 살았던 곳은
이곳이 아닌 저곳
저곳에서 살다가
이곳으로 잠시 온 것이니
때가 되면 저곳으로
다시 돌아가는 것은
당연한 것,

"돌아가셨습니다"

욕망의 화신
― 김기덕 감독에게

감추고 싶은 인간 본연의 심성을
집요하게 파헤친 사람

영화를 통해 인간이 지닌 이중성을
마음껏 조롱했던 감독

그가 떠났다

역병의 시대를 배경으로 한 영화의
주인공처럼
먼 이국에서 역병으로 떠났다

(잘 가시오)

그는 지금쯤 천상 어느 별에서
자신을 향해 돌 던지고 있는 자들을
풀샷으로 원샷으로 찍고 있을 듯

늘 그러했듯,
개봉도 못한 그의 영화에 장미 한 송이 올린다

고공농성

지상 가장 낮은 곳에서
천대받으며
멸시받으며
해고되고
짤리고
하던 이들이
생애 처음 높은 곳으로 오른다
다들 낮은 곳에서 살다 죽을 팔자
죽으려고 높은 곳을 올라
살기 위해 소리친다

평화반점

읍내 가면 꼭 가는 짜장면집 하나 있는데
이름이 평화반점이다
내가 혼자라도 그 집을 찾는 이유는 순전히 '평화'라는
간판 이름 때문인데
맛도 내 입맛엔 정선에서 으뜸이다
내가 중학생일 때부터 있던 집이라 공간에 대한 익숙한
면도 있지만
싹싹한 주인장의 표정이 간판과 잘 어울리기도 한다
언젠가 주인장에게 짜장면을 먹다보면 마지막에
공깃밥 반 그릇 정도를 먹고 싶은 날이 있는데, 밥을 해
서 놓아두고
자유롭게 먹게 하면 어떻겠냐고 말한 적 있다
주인장은 좋은 생각이라며 곧 시행하겠다 했고
다음에 가니 "무료로 준비한 밥이니 마음껏 드세요" 문
구와 함께
빈 그릇과 밥이 가득 든 전기밥솥이 준비되어 있었다
나는 빙긋 웃으며 주인에게 감사하다는 인사를 건넸고
그날 정말이지 딱 반 그릇 정도 밥을 퍼선 남은 짜장 국
물에 말아 먹었는데, 역시 밥이 평화였다

메밀국죽

정선역 앞에 가면 메밀국죽을 잘 끓이는
은혜식당이 있는데 주인에게 이게 죽입니까 국입니까
물으면 주인도 글쎄요 그기 말이래요

누구는
국인 듯하다가도
죽인 듯하고

누구는
국도 아니래요
죽도 아니래요

해서 에라이 메밀국죽이 되어버렸다고 하데요

국도 아닌 것이 죽도 아닌 것이
한 숟갈 떠먹으면 우물우물하다간 훌떡 목구멍으로 넘
어가버리는 통에
정선 와서 먹지 않고 배길 수 없다는
그 오묘한 맛

2부

유월의 송구*

　유월이면 비봉산 충혼탑 참빽돌*은 더욱 희었다
　참빽돌 하나면 중원의 땅을 전쟁 없이도 빼앗던 시절
　송구는 끝내 지워지지 않을 것 같은 흰 선을 경계로
　혼자 왕 노릇도 하고 대통령 흉내도 내면서 놀았다 그러
다 추모 사이렌이 울리는 날엔 납작꼬내기를 잡던 아이도
　난닝구에 구멍을 내어 보쌈을 놓던 아이도
　동냥에 나서던 송구도 잠시
　고개를 숙이곤 했는데 정수리로 내리쬐는 햇살은 왜 그
렇게 뜨거웠던지

　오디 익고 산딸이 익던 유월이면 송구도 덩달아 신이나
　산천을 휘돌아쳤는데
　애꾸로 만든 거지 여자 손은 넘어지면서도 끝내 놓지
않았다
　철길에서 놀던 아이들이 송구를 따라 뻔데기 공장까지
와서는
　여공들이 지나는 때를 맞춰 바지를 홀렁 까 내려도 웃
기만 하던 송구가
　어느 해 홀연히 하늘나라로 갔다는 이야길 들었다 그날

하늘은 흐렸으며 나는 문득 피아 경계를 긋던 충혼탑 참
빽돌이 생각났다

* 송구: 정선의 거지.워낙 유명하여 시나 소설의 주인공으로 자주 등장한
  인물.
* 빽돌: 땅바닥에 글씨를 써도 될 정도로 하얗게 변한 석회석 돌.

감자간

어릴 때 먹던 것이라곤
감자로 만든 간이 전분데
나이 들어 지금도 감자간이 좋다는 촌놈이
여직 기억하고 있는 것은 뒤란에 있던 감자구덩이
가난이 일상인 시절에 먹던

도깨비 삼춘

도깨비 소沼를 나선 도깨비들이 가끔 도깨비 삼춘네 지붕 위에서 한바탕 난장을 벌인다고 하는데요 여름이면 그 일도 더 잦아져 도깨비 삼춘은 어둠만 내리면 오두막에 앉아 도깨비불을 기다린다고 합니다 어느 날은 서너 개의 도깨비불이 모여 신나게 춤을 춘다고도 하는데요 다음 날 그 이야길 누군가에게 하면 세상에 도깨비불이 어딨냐며 미친놈 취급만 한다고 억울해합니다 누군가 말하듯 그것이 인불이든 혼불이든 반딧불이 짝짓기 모습이든 도깨비의 말장난처럼 들리지만 도깨비 삼춘의 말은 틀리지 않습니다 이웃인 책방 아저씨도 도깨비불을 본 적 있기 때문입니다

도깨비 소沼

덕산기계곡에 돌탑이 하나 둘 생겨나 어쩐 일인가 궁금했었는데요 도깨비 소를 나온 도깨비들이라고 하네요 반딧불이 친구를 찾아 나섰다가 집으로 돌아가지 못한 도깨비라고도 하고요 그래서인지 요즘 덕산기계곡엔 도깨비와 반딧불이의 사랑 노래가 자주 들려요

이러다가 덕산기계곡이 옛날처럼 도깨비 마을이 되지 않을까 하는 염려를 하는 이웃도 생겨났는데요 그 이유는 오늘 아침에도 도깨비 돌탑이 몇 개는 더 생겼거든요

그런 날 있었다

단 한순간도 한눈팔지 않고 살아온 우리 부모님은
평생을 말벌처럼 일만 하고 살았다
해방 후엔 서북청년단 놈들에게 시달리기도 했고
남들 다 받는 고무신 한 켤레 밀가루 한 포대 받지 못했
지만
시류에 영합하지는 않았다
이후 금광 한답시고 집 날리고 광활 심었다가 빚잔치한
울 아버지
사는 게 사는 일이 아닐 즈음 아버지는 주천강 길 따라
먼 길 떠나고
울 어머이 소원은 번듯한 집 한 채 갖는 것이었다
내 살던 집마저 불에 타버리자 그누므 집이 뭐라고
저 뺑때에 방 한 칸 마련한 말벌이 부럽기도 하여 눈물
촉촉이 흘린 가을날 있었다

덕산기에 오시려거든

그대 덕산기에 오시려거든
진달랫빛 고운 봄날 돌단풍꽃처럼 곱고 수줍은 웃음 안
고 오시라
혹여 못 다한 반역 있다면
문지방 고개쯤에다 내려놓고 나비처럼 봄바람처럼
가벼운 걸음으로 오시라

그대 덕산기에 오시려거든
여름이 빚어낸 옥빛 물 따라 철벅철벅 걸어오시라
혹여 세상과의 절연이나 고립을 꿈꾼다면
폭우 쏟아지는 날 빗속을 뚫고
금강모치처럼 산메기처럼 도깨비 소를 거슬러 오시라

그대 덕산기에 오시려거든
물매화가 꽃대를 밀어 올리기 시작할 무렵 빈 마음으로
오시라
혹여 세상에 대한 절망으로 분기해 있다면
애기단풍 붉고 쪽동백 노랗게 물드는 시월
마음 또한 노랗고 붉어지러 오시라
〉

그대 덕산기에 오시려거든
폭설로 길이 끊어지는 날 흰 눈 안고 오시라
혹여 세상의 끝을 보고 싶다면
백석이 그러했듯 나와 나타샤와 책 읽는 고양이가 있는
숲속책방으로 시린 발로 오시라

그대

블랙리스트

십 년도 훨씬 전에
당시 동네 군수가 시민단체 대표로 있는 내가 마음에
들지 않는다고
강기희 이 새끼 꺼 빼!
라는 말로 그간 진행하던 아라리문학축전 행사를 한 방
에 날려버렸다

음주 운전으로 걸린 십몇 년 전엔
젊은 동네 지청장이 내 사상이 마음에 들지 않는다며
강기희 이 새끼 빨갱이잖아!
라는 말로 날 인신 구속시켰다

몇 해 전엔 문체부에서
작가로서 이런저런 일에 끼어든다면서
날 블랙리스트 명단에 끼워 넣었다

동네에서나 나라에서나
가난이 죄라고 살아온 이들에게 씌워진
검은 그물
혹은 빨갱이라는 괴물

안부

내가 저 미륵의 마을에 당도했을 때 저들은 내게 어디
사느냐 나이는 몇 살이냐 몇 학번이냐 결혼은 했냐 아이는
몇이나 있냐 월수입은 얼마나 되냐 하고 다니는 꼴은 왜
그 모양이냐 하나도 묻지 않았다 나도 저들에게 누가 당신
들을 만들었느냐 당신들은 언제부터 이 자리에 서 있었느
냐 세상이 말하는 천불천탑의 전설이 맞느냐 당신들이 바
라보는 곳은 어디냐 대체 미륵 세상이라는 게 있기나 한
것이냐 묻지 않았으므로 우린 더 뜨거워질 수 있었다

마을 변천사

동해안 바닷가 언덕이 있는 마을에 가면
북한 쪽 바다를 바라보며
하루를 보내는 노인들이 많았다
다들 1·4후퇴 때 북에서 내려온 실향민들인데
고향 바다라도 바라보기 위해
다들 집을 북향으로 지었다고 했다
세월이 흘러 노인들은 하나 둘 고인이 되었고
집들은 남의 손에 넘어갔다
새로운 집주인들은 낡은 집을 허물고는 번듯한 새집을
다투어 지었는데
북향이던 향은 정동 쪽으로 바뀌었다
새로이 지어진 건물엔 밤에도 불이 들어오는 대형 간판
이 붙기 시작했고
그 이름은 다들 일출 민박이니 태평양 민박이니 대실 2
만이라는 글씨가 선명한 태양모텔 등이었다

내 생전에

생전에 통일되면 숲속책방 접고
백두산 언저리 개마고원쯤에다 통일책방 열겠다고
했건만 통일은 감감무소식인데
덜컥 암 선고를 받았다

(이거 이거 내 생전이 얼마 남지 않았는데!)

당신이라는 말

한겨레신문 하단 광고란에 '한 남자의 안부를 묻고, 찾습니다'라는 제목의 글이 가슴을 칩니다
내용은요,

당신과 나는 1980년 5월 16~17일 이화여자대학교에서 열린 전국대학 총학생회장단 회의에 참석 중이었습니다. 1980년 5월 17일 21:00시에, 당시 발효 중이던 비상계엄령을 5월 18일 00:00시부터 제주도를 포함한 전국으로 확대 실시한다고 발표하기 전인 17:30경,

우리 둘은 동 회의장으로 난입한 공수부대의 체포를 피해, 23:50분경까지 동 대학 교정 내 어느 건물(현재 수영장이 설치된)의 지하보일러실 귀퉁이의 좁고 추운 공간에 갇혀 지독한 공포에 시달리다 5월 18일 0시 직전에 천운으로 탈출한 경험을 공유한 사이입니다.

그 날로부터 41년째인 오늘 2021년 5. 18 우리 둘은 60대 중반 중노인이 되었습니다. 난 아직도 그대의 이름, 출신 대학도 모르고 심지어 얼굴조차 잘 기억하지 못합니다. 다만 키가 약 175~180센치 정도이고 마른 체형이었던 것만 떠오릅니다. 만약 당신이 이 글을 보시면,

〉

우리가 마지막으로 헤어진 신촌역 앞 광장에서, 나는 90도 우측으로 꺾어 도주했는데 당신은 어느 방향으로 튀었는지를 적시하여 아래 이메일 주소로 연락주길 바랍니다. 내가 당신의 신원을 파악할 수 있는 유일한 단서입니다.

everever2000@gmail.com

꼭 찾으셨길,

당신이라는 말이 이리도 가슴 뭉클한데, 당신이라고 했다고 싸우는 이들도 있다

연탄

국내 최장기수였던 안학섭 선생
전쟁 막바지 1953년 4월 강원도 정선에서 체포되어
1995년 출소하셨으니 꼬박 43년
세계적인 양심수 넬슨 만델라도 27년인데
43년,

긴 징역살이 동안 전향서 쓰라는 회유도 많았지만
다 뿌리친 그

43년을 그렇게 버틴 안학섭 선생께서
북녘땅 바라보이는 김포 민통선 안에
자릴 잡으셨는데
겨울날 연탄이 없단다

연탄 한 장 9백 원
하루 아홉 장 땐다고 해도 겨울을 나려면
1천5백 장은 필요한데
그래봤자 어떤 놈한텐 하룻밤 술값도 안 되는
돈들
〉

소박하니 1백만 원 정도 모으면 당분간은 때겠지 싶어
후원 글 올렸더니
하루도 안 되어 5년치 연탄값이 모였다는
남쪽 동무들의 훈훈한 사랑 나눔

몰래몰래

항암 약을 먹기 시작하면서 이런저런 부작용이 생기기 시작했다 입 안이 헐고 발바닥 같은 게 갈라지는 정도야 조금씩 숨기면서 살아도 되었는데, 설사만큼은 숨기지 못하여 유 작가에게 사실대로 이야길 하였더니 겁먹은 표정이 역력하다 병원에서 받아온 암 환자 가이드라는 책엔 설사를 하루에 몇 번 이상하면 탈수가 생기고 그러면 응급실에 실려 가야 한다는 내용 등이 있는데, 응급실이라는 말에 겁을 먹은 듯했다 나는 유 작가 몰래몰래 물을 들이켜 탈수만은 막았고, 지사제 대신 먹던 대봉감을 유 작가 몰래몰래 두 개나 더 먹었다

전설처럼

동네에서 교통경찰 하던 종갑이 형이 폐암에 걸려 삼 년 만에 죽었다는 이야기를 하던 칠촌 조카는 "그 양반 술 담배도 안 했는데, 폐암은 왜 걸렸는지 모르겠네" 했고, 시 쓰는 전윤호는 내가 폐암이라고 하니 전화를 걸어 "작은아버지가 폐암에 걸려 청국장만 드시다 돌아가셨는데, 오 년을 사셨거든? 그러니 형도 청국장 많이 먹어" 했고, 서울지하철공사 전 노조위원장을 지낸 최병윤이 "송동순이 알죠? 동순이 장모님이 폐암이었는데 잘 다스려서 견딜 만했다고 해요. 그랬는데, 장모님 오라버니께서 여동생 준다며 5백만 원짜리 산삼을 가지고 와선 동순이 장모님께 먹였다고 하잖아요. 그래서 뭐 어떻게 됐겠어요. 약발이 너무 잘 들어 잠잠하던 암세포가 활성화되더니 급기야 온몸으로 퍼져 두 달 만에 돌아가셨다고 하더만요. 그러니 산삼 함부로 먹으면 큰나요" 했고, 누구 엄마는 폐암인데 수영장도 다니며 잘 생활한다는 희망적인 이야기도 들었는데, 속을 긁어내며 통증을 동반하는 내 기침은 멈추질 않았다

(그랬는데, 진안 사는 정종연 시인이 산삼 두 뿌리를 보냈다)

물매화

덕산기 마을에 물매화가 피면
가을이 온다

아버지 산소에 물매화 피면
추석이 멀지 않았다

샤갈의 마을에 내리는 비

샤갈의 마을에 비가 내립니다
양복쟁이 최 씨의 양복이 비에 젖고
미장이 지 씨의 흙칼이 비에 젖고
솜사탕을 파는 할아버지의 솜사탕이 마술처럼 사라지고
애써 편 미스 리의 고데 머리가 라면 가닥처럼 구불거리고
야채 장수 마누라의 눈에서 흐른 닭똥 같은 눈물이 배
추를 절이고
방안에 고인 빗물을 퍼내던 앞집 여자의 욕설이 비에
젖고
배고픈 아기가 빗물에 젖은 어미의 옷자락을 빨며 우는
샤갈의 마을 사람들은 세상 탓 그만두고
그저 구멍 뚫린 하늘만 원망합니다

용식이 동생 용환이

읍내 가던 길 용식이 동생 용환이가 동곡상을 받았다는 현수막을 보고 빙긋 웃었다

정선군청에서 4급 서기관으로 몇 해 전 퇴직한 이용식 과장의 동생 이용환 서울대 석좌교수가 동곡상을 수상했다는 축하 현수막인 것인데,

동곡상이 대체 뭔가 알아봤더만, 박정희가 만든 공화당 소속 7선 국회의원으로 국회부의장을 지낸 삼척 사람 김진만이 자신의 아호를 따 1975년 제정한 상이었다

수상은 지역발전 문화예술 사회봉사 교육학술 등 5개 부문으로 상금이 2천만 원이나 된단다

그 상을 용식이 동생 용환이가 받았다는 이야긴데,

내 어릴 적만 해도 김진만이라는 이름 대신 '돈진만'이라는 이름으로 알고 있었던 그 사람의 생전 뜻,이 이렇게 도도하게 이어지고 있었다

일주일 전에는 임창준 형의 딸이 행정고시에 합격했다

는 현수막을 보았고,

지난여름인가는 유스패밀리 선배 딸이 수원지검 검사가 되었다는 현수막을 보았고,

지난 구월에는 공무원노조 사무국장 하다가 파면도 당했던 전상현이 5급 사무관으로 승진했다는 축하 현수막도 보았으니

(정선에서 일어나고 있는 이런저런 미담은 거리 현수막에 다 걸려 있다)

투항역

촛불을 들고 밤새 서울 거리를 걸었던 날 아침
걷는 것도 힘들어 자주 걸음을 멈추었다

발보다 몸이 더 앞서가던 그 아침

간밤 닭장차에 실려 간 사람들이 많았다
그들에게 미안해서라도 힘내야 하는데, 하면서
나는 찬란하게 떠오르는 해를 등 돌려 피했다

광폭한 공간을 피해
땅 밑으로 숨어드는 순간에도
다리는 얼마나 휘청이는지 신음이 절로 나왔다

십여 분을 기다려 전철을 타고 가면서도
전철 안에 혹여 사복 경찰이라도 있을까 싶어 버릇처럼
주변을
둘러보던 그 아침

갈 길이 달라 전철을 갈아타야 하는 그 아침
〉

환승역에 도착하여 긴 복도를 걸어가는데, "잠시 후 열차가 도착하겠습니다"라는 방송이 복도로 중계방송되고 맞은편에서 걸어오던 사람들은 뛰기 시작했다

그 소리는 내 귀에 "여러분은 지금 불법으로 도로를 점거하고 있습니다. 해산하십시요"라고 들려 나는 "그만해. 지금 해산하고 있잖아" 힘없이 중얼거렸다

하지만 나를 체포하러 오는 것도 아닌 그 아침

나는 나를 향해 달려오는 사람들을 향해 멀쩡하게 두 손을 내밀며 "그래 가자" 했다 그러나 사람들은 내 손을 툭 치기만 할 뿐 막 도착한 전철 안으로 뛰어들었고,

전철을 타지 못한 사람들은 밤새 본 전경대원처럼 무리 지어 뛰듯 걷고 모두들 입을 굳게 닫았는지 웅성거림조차 없었다
〉

걸음을 떼어놓기조차 힘든 그 아침

삼십 분이나 걸려 완벽하게 환승한 나는
간밤의 공포도 잊고 잠에 빠져들었다

잠에서 깨어나니 이름도 생소한 종착역
너무 멀리 온 탓에 돌아갈 길도 찾을 수 없었다

에스컬레이터도 멈춘 그 아침

힘겹게 계단을 걸어 올라온 나는 더 이상 움직일 힘도
없어
알 수 없는 거리로 투항하고 말았다

먹이 사슬

네가 내 눈에 뜨이지만 않았어도
잿빛 날개를 힘차게 펄럭이며
열정의 인생을 보냈겠지
눈치도 없는 하루살이
네가 내 눈과 마주치지만 않았어도
육만의 종식 번식에 성공했겠지
한심한 바퀴벌레
그랬는데, 오늘도 나는 큰길로 나서지 못하고
피맛골을 따라 교보문고에서 인사동까지 걸었다

3부

그 섬엔 갯벌이 없다

비릿한 소금기를 생각하고
그 섬에 갔다면 실망만 하고 돌아설 섬
그 섬엔 갯벌이 없다
인사동 골목을 돌고 또 돌아 그 섬에 가면
풍란은 없고 막자란 구름 국화 몇 송이
휘청하며 객을 맞는다

시대의 보헤미안들이 모이는 그 섬엔
고독과 절망이 외롭지 않게 허공을 떠돌고
깊은 밤이 되면 모두가 국화 향에 취한다
내 절망은 너의 가슴으로 안기고
가슴을 열어 보이는 너의 순한 얼굴은 회색빛으로 운다

밤은 깊어 흔들리는 몸을 끌고 그 섬을 나서면
또 다른 절망이 가슴을 파고든다
그 섬엔 갯벌이 없다
섬도 없다
아무도 없다

청원식당

안개 자욱한 철길에서
사랑하는 이를 떠나보낸 날이나
폭설로 지워진 길을 내고 있을 때
이별을 통보받았다면
흡뜬 눈을 조용히 감을 일이다

아우라지 처녀가 하루 두 번
기차를 떠나보내듯
저 홀로 견딜 만하다면
아라리 아라리
스스로 제 몸을 다스려야 할 일이다

오지 않는 사람을 기다리는 일도 지쳐
감꽃마냥 지고 싶은 날 있다면
여량역 앞 청원식당에 가
콧등치기 시켜놓고
생이 서럽도록 콧등을 맞아볼 일이다

모든 건 잠시 잠깐이더군

농민이 투사가 되는 건
잠시 잠깐이더군
나라가 제 나라 땅 잃거나 농민 버리면
농민은 쟁기 대신 죽창 들고
왜놈들과 싸우고 미국놈들과 싸우고
세월 바뀌어 살 만하다 싶으면
농민 목 죄는 이 나라의 기름진 정부
툭하면 미국놈들에게 살살 기며
아양 떠는 모습 보기 역겨워
침을 퉤, 뱉어보지만 끓어오르는 속은 식질 않고
신자유주의다 한미 FTA다 괴물들의 출현에
농민들은 또다시 분연히 떨쳐 일어서지만 경찰 몽둥이
에 맥없이 주저앉고
제 나라 관리들
멀리서 빤히 지켜보는 것도 화날 일인데
앞장서서 농민 목숨 하나씩 거둘 때
버러지만도 못한 그것들과 싸우고
경찰 몽둥이에 맞고 터지고 구속되는 건 힘없는 농민이
지만

제 것 지키려는 싸움 멈출 수 없으니
밭 갈다 촛불 들다 밭 갈다 구호 외치다
바쁜 건 언제나 농민뿐이지
농민을 투사 만드는 건 잠시 잠깐이더군

벌

아버진 일흔여섯에 위암으로 돌아가셨는데요
단풍이 들기 시작하던 시월이었어요
아버진 눈을 감을 때까지 위궤양인 줄만 알았지요
검진을 한 의사랑 짜고서 그렇게 거짓말을 했거든요
병원에서는 위암 말기라고 하는데
입원한다 해서 수발들 사람도 없고 돈도 없고
아버지 병이 수술한다고 나을 병도 아니고 해서 위궤양
이라 속이고 퇴원했거든요
병원 마당에 있던 목련이 막 피던 봄이었거든요
아버지 만나러 갈 때 회초리 준비해 가지고 가야 할까
봐요
아버진 속이는 거 좋아하지 않으셨거든요

바다

강릉 아산병원 응급실에서 받은 각종 검사 결과를 복사하러 왔다가
울적한데 바다라도 보고 가자며 경포로 갔다
강문 지나 경포 해변 들어서며

파도 소리가 서러워서
물새도 제 집 찾아간 뒤
해님도 반신을 수평선에서 긷고
노을 지는 바다를 노래한다

정황이 형 노래 '바다'를 흥얼거리는데
형에게 전화가 왔다
어디야?
어, 강릉 병원 왔다가 경포 나왔어요. 쿨럭! 바다 언제 볼지 몰라서 쿨럭!
기침 심하게 하는구나 조심해 와
알았어요
(역시 양반은 못 된다)

사람 참

폐암 선고 후 처음엔 피를 토하는 기침만 안 하면 살겠다고, 그다음엔 숨만 덜 차면 살겠다고, 그다음엔 밥만 먹을 수 있어도 살겠다고, 그다음엔 머리와 얼굴에 난 피부 발진만 없으면 살겠다고 하더니, 이젠 손발 갈라지면서 피만 나지 않아도 살겠단다

아침

새들이 풀씨를 먹기 위해
마른 풀대궁에 매달린 아침

고양이가 발을 툭툭 털며
마실 나가는 눈 오던 아침

젊은 여행자들이 눈길을 걸어
각자의 집으로 돌아가던 아침

나는 팥죽을 쑤고
아내는 동치미를 썰던 동짓날 그 아침

불길하다

　동강변에 사는 영팔 씨가 밭에 옥수수를 심다 말고 괭이를 냅다 던졌다

　씨이발놈들, 동강을 또 죽이려 들어! 햇볕은 쨍쨍하고 땀까지 삐질삐질 나는 요즘은 어쩐지 화딱지 나는 소식만 들려왔다 십여 년 전 동강에 댐이 들어선다기에 열 일 제쳐두고 댐 반대 목소리를 높이다 마누라까지 땅에 묻은 영팔 씨, 죽은 마누라가 살아 돌아온 것도 아닌데 들려오는 소리는 불길하기만 했다 대운하를 만들기 위해선 동강에 댐을 지어야 한다는구먼 읍내에 나갔다 들은 이야기는 그저 풍문이겠지 했다 작년 가을 환경청에 땅 판 철뚝이 놈이 어느 날 잔뜩 술 퍼마시고 이 새끼들이 자꾸만 땅 사들이는 걸 보니 암만해도 동강에 댐을 만들려고 하는 것 같애 씨벌 땅은 높은 값에 잘 팔았지만 기분은 드럽네 드러워 퉤퉤!

　그 소리도 흘려보냈건만 이명박이 대운하를 만든다는 불길한 소식은 봄바람인 양 화냥년 치마 바람인 양 한강 하구에서 동강까지 자꾸만 거슬러 올라왔다 재혼한 마누라와 아이 둘 낳고 잘 살고 있는 영팔 씨, 밭머리에 앉아

담배를 빨며 어째야 하나 고민만 늘었다 첫 마누라 동강
댐 때문에 자살하게 만들었는데 두 번째 마누라까지 대운
하로 잃어야 하나 그래야 하나 담배를 두 대째 빨고 있으
려니 영팔 씨 마누라 얼음물이라며 내어 오는데 저걸 살
려 죽여 그런 생각을 하는 중에 마누라는 날이 덥죠? 시
원한 물 마시고 해요 찬 얼음물을 목으로 넘기며 이게 행
복이다 싶다가도 동강이 죽으면 이런 행복이 무슨 소용
있는감 여기 떠나면 어딜 가서 산단 말인감 앞날이 감감
하기만 하여 또 한숨을 내쉬었다 무슨 일 있어요? 묻는
마누라 말에 영팔 씨, 동강에 댐이 들어선다는구먼, 댐이!
하며 줄담배만 뻑뻑 피워댔다

동강, 이제 그대의 이름을 다시 부르지 못하리

긴 여행 끝에 정선에 당도하니
동강이 죽어간다고 합니다
아니 강은 이미 죽어 있을지도 모릅니다
동강마을 사람들은 강이 죽어가는 중에도 제 할 일만 묵묵히 합니다
동강의 다슬기가 버려진 나사처럼 강바닥을 구르고 있는 시간에도 어느 사람은 삼팔광땡을 잡았다고 좋아하고 어느 사람은 장땡을 잡았다고 좋아합니다
꺽지의 날쌘 몸놀림도 어름치의 아름다운 날갯짓도 사라진 지 오래지만 동강을 찾는 사람들은 그런 덴 관심도 없습니다
이놈! 하고 큰소리치는 어른이 없으니 강변마을 사람들은 동강이 죽어가는데도 제 할 일만 열중합니다

손님 여러분께 안내 말씀드립니다
오늘 정선에서 보고 들은 이야기는 다 잊어주시길 부탁드립니다
동강은 이제 여러분의 강이 아닙니다
강의 죽음을 확인하기 전 동강을 잊어야 합니다

손님 여러분께 다시 한 번 부탁드립니다
동강을 잊어주십시오
동강에는 쉬리가 없습니다

폭설의 나라

밤을 꼴딱 새워도 기다리던 눈은 오지 않았고
달과 별이 떨어진 마당엔 짐승 발자국만 요란했다
꿈속에서나마 폭설의 나라에 가서 꼼장어에 소주 한 잔
하겠노라 했지만
사람이 살지 않는 겨울 나라에선 꿈마저 꾸어지지 않았다

다리 하나 가지고

시골 개울에 시멘트 다리 하나 놓곤
지나갈 때마다
국회의원도 내가 놓았다
군수도 내가 놓았다
도의원도 내가 놓았다
군의원도 내가 놓았다
면장도 내가 놓았다
이장도 내가 놓았다
라고 서로 자신이 한 일이라 말하는데,

우리 세금으로 놓았다고 말하는 놈 하나 없더라

청심대에서

　조선조 태종이 왕이었던 시절이고 때는 1418년이다 강
릉부 대도호부사로 있던 박양수라는 사람이 6년간의 임
기를 마치고 조정의 내직으로 영전이 되어 한양 길에 오
르게 되었다 이때 함께 동행한 여인이 있었으니 그가 강
릉의 기생 청심淸心이다 박양수가 강릉 부사로 재직하던
시절 이미 두 사람은 깊은 사랑을 나눈 사이로 청심이 박
양수를 배웅하는 길이었다 당시 이름난 기생이 그러하듯
그녀 역시 빼어난 미모에 시와 그림과 가무에 능했다 청
심은 박양수를 지극정성으로 모셨으며 박양수 또한 그러
한 청심을 깊이 사랑하였다 한양으로 가기 위해 강릉을
떠난 박양수 일행은 인락원에서 며칠을 머물렀다 인락원
에서 석별의 정을 나눈 두 사람은 다시 만날 것을 약속하
며 이별했다 단풍이 곱게 물드는 어느 가을날 아침 박양
수는 청심을 두고 길을 떠났다 박양수에 대한 사랑을 버
릴 수 없었던 청심은 강릉으로 돌아가지 않았다 청심은
자신의 신분이 기생인지라 강릉으로 돌아가면 어쩔 수 없
이 다른 남자를 품을 수밖에 없음을 누구보다 잘 알았다
청심은 마평에 머물기로 했다 박양수가 자신을 데리러 오
겠다는 약속까지 했으니 기다리는 것은 전혀 힘들지 않았

다 계절이 바뀌고 해가 바뀌고 다시 가을이 되었다 사랑하는 님과 이별한 지 1년이 되었지만 박양수로부터는 어떤 기별도 오지 않았다 눈물로 지새우는 날이 많아지면서 청심은 결국 병을 얻게 되었다 마을 사람들이 청심의 일편단심을 위로하며 정성으로 간병하였지만 병은 낫지 않았다 청심은 박양수와 마지막 정을 나눈 바위에 올라 속 깊은 통곡을 한 후 절벽 아래로 몸을 던졌다 가을 햇살이 곱게 퍼지는 시간 노랗게 물든 단풍잎 하나 절벽으로 떨어지니 청심이었다 청심이 죽자 마을 사람들은 시신을 수습하고 해마다 가을이 되면 청심의 애달픈 넋을 위로하는 제를 올렸다 벌써 600여 년 전의 일이라 약속을 지키지 않은 박양수에게 뭐라 하기엔 세월이 너무 흘렀다

백조일손 묘 앞에서

제주 알뜨르 비행장 옆 백조일손 양민 학살터로 가는 길은 좁다

차량의 진입이 불가하니 겸손하게 줄을 지어 걸어가야 한다

길을 걸으며 앞뒤 사람과 희희낙락할 일이 아니라 넋으로 떠돌고 있는 이들과 대화를 하며 걸어야 한다

대화하면서 변명할 것이 아니라 그들의 목소리에 귀를 기울여야 한다

넋의 나이가 열네 살이라도 절대로 반말을 해서는 안 된다

만약 넋이 따귀를 올려붙이더라도 꾹 참아야 한다

우리는 그들의 주검에 대해 아무것도 한 일이 없으므로 왜 때리느냐고 노려볼 일도 아니다

학살터에 이르러서는 더욱 겸손해야 한다

패인 깊이를 짐작하기 위해 돌을 던지는 것은 금물이다

두 손을 가지런히 모으고 넋을 향해 뜨거운 마음을 보여야 한다

그리고 지금껏 살아 있음에 감사해야한다

무덤에 이르러서는 왜 바보같이 예비 검속에 걸렸느냐

고 따져 묻지 말아야 한다

왜 제주에 살아 이런 꼴을 당했느냐고 철없는 질문도 하지 말아야 한다

차라리 묘비를 파손한 이들을 용서하지 않겠다고 다짐하고 학살한 자들을 찾아내겠다고 다짐하라

만약 어린 자녀를 데리고 학살터를 방문했다면 반드시 이렇게 말하라 일러라

"할아방 오늘도 추우셨지요? 제가 크면 할아방 춥지 않게 해드릴게요."

그럼 된다

속도

언젠가 전철에서 내려 종로 3가 지하도를 걷고 있는데 근무 중인 경찰이 내게 거수경례를 붙이더니 불심검문을 했다

주민증을 보여주면서 물었다

왜 검문을 하느냐

경찰 말이 다른 사람에 비해 천천히 걸어서 그랬단다

그러고 보니 서울 사람들은 일정한 속도로 물처럼 흘러 갔는데, 내 걸음은 급할 게 없는 사람처럼 느적느적했다

— 소매치기들이 주변을 살피며 그렇게 걷거든요

언젠가 청계천 영풍문고 사거리 횡단보도를 뛰며 건너 는데, 경찰이 따라오며 날 붙잡아 세우더니 불심검문을 했다

주민증을 보여주면서 물었다

왜 검문을 하느냐

경찰 말이 자신을 보고 도망치는 사람인 줄 알았단다

나는 녹색 신호를 보고 뛰었는데, 경찰은 자신을 보고 도망치는 범인이라도 되는 줄 알았나보다

— 기소 중지자들이 경찰 보고 도망가는 경우가 많거든요
〉

남들보다 늦게 걸어도 빨라도 죄인 취급을 받는 서울
경찰의 속도 개념

견벽청야

어릴 적 월남 파병 갔던 동네 친구 형이 휴가를 오면 마을 사람들이 다 몰려갔다

형은 미제 깡통 음식과 초콜릿 등을 따블백으로 가득 챙겨 와선 마당에 풀었는데, 다들 걸신 든 사람들 모양으로 먹을 것을 향해 달려들었다

그럴 것이 구멍가게 하나 없는 먹을 것 귀한 동네에서 미제라고 하니 애어른 체면이고 뭐고가 없었다

나는 먹을 것도 진귀했지만 형이 가지고 온 앨범 보기를 더 즐겼다

거긴 아오자이를 입은 월남 아가씨와 찍은 연애하는 사진뿐 아니라 베트콩과 찍은 사진도 많았다

베트콩은 다들 목이 잘린 상태로 머리는 산발을 하고 있었고 얼굴엔 핏자국이 선명했다

형은 베트콩 머리를 양손에 잡고 사진을 찍었는데, 환하게 웃는 표정이었다

— 형이 죽인 베트콩이야?

그렇게 물으면 형은 지니고 온 총을 꺼내 들곤 무용담을 풀기 시작했는데, 일곱 살짜리 어린아이가 듣기엔 그어떤 옛날이야기보다 신기하고 재미있었다

당시 친구 형의 목에 베트콩 귀를 잘라 만든 귀목걸이를 걸고 찍은 사진도 있었는데,

(나중에 커서 알았지만) 임진년 조선을 침략했던 왜놈들이 전과를 증명하기 위해 조선인 코를 베어 갔다고 하더만 파병 군인들이 한 행동이 왜놈들이 한 짓과 하나도 다르지 않았다

몇 해 전 베트남 평화기행에 참여하면서 빈호아 하미 등 중부 마을에 간 적 있었다

중부 마을은 월남전 당시 북베트남과 남베트남으로 갈라진 경계 지역이었고, 파병 한국군의 전투가 가장 많았던 곳이기도 했다

그러나 실제로 가본 마을엔 남조선 군인 증오비가 있었고 거기엔 죽은 사람의 명단이 적혀 있었다

사망자 명단엔 청년은 없고 여인들이거나 두어 살 먹은 어린아이이거나 환갑 넘은 노인들이 대부분이었다

무엇보다 충격적인 것은 중부 일대엔 그러한 한국군 증오비가 50여 개나 있다 했고, 증오비엔 베트남 말로 이렇게 새겨져 있었다

〉

"하늘에 가 닿을 죄악 만대를 기억하리라. 한국군들은 이 작은 땅에 첫발을 내딛자마자 참혹하고 고통스러운 일들을 저질렀다. 수천 명의 민간인을 학살하고 가옥과 무덤과 마을들을 깨끗이 불태웠다."

회전목마

이따금 서울을 가게 되면
인도 돌의자에 앉아
지나가는 사람들을 작심하고 구경하곤 했다
직업이 작가이다보니
사람들 표정이나 옷차림 등에 관심이 커
유의 깊게 살피는 편인데
무리를 지어 흘러가는 사람들 속에서
특히 여성들은 좀 전에 지나간 사람과 비슷하게
생긴 사람이 또 지나간다는 느낌을
받을 때가 많다
얼굴 생김도 머리 스타일도 방금 전 지나간 여자와
어쩌면 그렇게 닮았는지
회전목마는 놀이공원에만 있는 게 아니었다

탁영주

병 걸리자 청주에서 활동하는 가수 탁영주가
카톡으로 돈을 보냈다

— 지난번에 보냈잖아, 애들 고기 사 줘
— 안상학 샘이 노래 만들었다며 준 돈인데 반땡하는
거예요
— 그래도 안 받아!
— 빨리 받아요, 샘 죽으면 안 갈 거니까요
— 말 된다

어쩔 수 없이 돈은 받았지만 이래도 되나 싶었다
가난한 시인 남편 두고 사는 저나 나나 힘든 건 마찬가
지 생인데

후생에는

전생을 사람으로
소설가로 살았다면
후생은 숲속 어느 참나무 후손으로
태어나 꿀밤 가득 열다가
어느 해 겨울
가난한 소설가네 집 아궁이로
들어가면 좋겠다

따질랍니다

내일은 아버지 기일, 아버지 묘소에 가서 처음으로 좀 따질랍니다

남들은 친일파 자식이 되어 대대손손 땅땅거리며 잘만 사는데

남의 아버지는 군부독재 정권에 빌붙어서 잘만 사는데

또 남의 아버지는 사람 등쳐먹고 사기 치는 걸 알려주어

그 자식들이 사기꾼도 되고 국회의원도 되고 청와대도 근무하고 부자도 되고 하다못해 동네 졸부로도 살아가는데

왜 그런 것 하나 물려주지 않아 이 시대에 순응하지 못하고 불뚝불뚝 저항하는 축에 속해 살아야 하는지에 대해 따질랍니다

나도 있는 놈들처럼 아랫것들에게 뜬구름 같은 '희망'이나 이야기하며 거들먹거리지 못함을 따질랍니다

이승만 박정희 전두환을 왕처럼 섬기며 사셨지만 떡고물 하나 언어먹지 못하고 산 아버지의 바보스러움에 대해서도 따질랍니다

이것 말고도 따질 건 많은데 오늘은 참을랍니다 아버지나 나나 성질머리 때문에 사는 게 힘들었는데 말하면 뭐하겠습니까 참을랍니다

봄장마

배낭 메고 읍에 간다
철벅철벅 물길을 걸어 읍에 간다
내리는 비를 맞으며 간다
먹을 양식도 사고 어머니 혈압약도 타 드리러
비 내리는 물길을 걸어간다
발도 시렵고 손도 시려운 봄장마
내가 태어나던 해에도 봄장마가 덜컥 졌다지
읍에 미역 사러 갔던 아버지 아흐레 만에 돌아왔다지
비는 내리고 땔감은 없고 먹을 것도 없던 때
죽을 고비를 넘겼다 했지
어머니는 내가 살아난 게 기적이라고 했지
봄장마는 또 덜컥 지고 읍에는 가야 하고
사는 건 그때나 지금이나 같다지

4부

산국아리랑

산에는 산국
들에는 들국

마당가에 핀 꽃은 마당산국
책방 앞에 핀 꽃은 책방산국

꽃 따다 눈 맞은 처녀총각
북으로 남으로 헤어졌다네

꽃 따다 눈 맞은 남군 북군
총 버리고 어리얼싸 울었다네

아리아리 어리얼싸 헤어졌다네
아리아리 어리얼싸 울었다네

몸빵

구순 어머니 난전엔 콩 팥 강냉이 서리태 같은 잡곡뿐
이어서
　제 아무리 장날이라도 팔릴 게 없다
　하루 만 원어치 팔리면 장세 내고 남는 것도 없는 장사

　봄이면 엉겅퀴꽃 따다

　여름이면 신배 주워서

　가을이면 산초나 산국 따다가

"어머이, 팔아서 맛있는 거 사드셔" 하며 어머니 드리는
데, 다 팔린 저녁이면 전화를 걸어 "더 없드냐" 하신다
　그때마다 나는 많지 많어, 하며 다음 날 더 많이 가져가면
주변 상인들 부러운 듯 "할머이, 아들 참 잘 뒀소!" 했다

몰랐다

장 담그러 온 어머니
마당가에 핀 꽃을 보곤 야야 뭔 꽃이 이렇게 예쁘게 폈
냐, 하시며
소녀처럼 하나 둘 꺾더니 한주먹 만든다
여든넷의 어머니에게도 꽃은 아름답고 순정 또한 남아
있었구나
몰랐다 몰랐다

돌림병

중국발 돌림병이 또 생겼다
해방 전 창궐한 돌림병으로 인해
외조부 외조모 외숙부 등등 한꺼번에 다 돌아가셨다
어머니 여덟 살 때였고 두 살 위 언니와 둘만 살아남았다
졸지에 고아가 된 어머니와 이모는 작은댁에 넘겨졌다
논이 제법 있어 쌀밥만 먹고 산 어머니가
강냉이밥도 겨우 먹던 덕산기 강 씨네로 시집온 건
1947년, 열여섯 무렵이었다
코비드로 매일 사람 죽어가는 요즘이나 그때나
지독한 시절이라는 어머니 말, 하나도 틀리지 않았다

어머니

애비가 아프다는 말을 들은 날부터 잠이 오질 않는구나
겨울밤은 얼마나 긴지 아침이 오기만 기다려 전화 하는데
애비 목소리만 들어도 내가 살 거 같다
— 잘 잤나? 밥 많이 먹고 하루에 몇 번씩 먹고 또 자주
먹고 얼른 나아야지 애비야

하루 몇 번씩 전화를 하는 어머니는 아침이고 점심이고
저녁이고 같은 말

"좋은 약 쓰고 밥 많이 먹거라"

시래기

곳간 자락에 걸린 저 시래기
장터에 계신 어머니 손마디를 닮았다
하루에도 몇 번씩 얼었다 녹았다
구십 평생을 장갑도 없이 그리 사셨다

홍역

내 여섯 살 무렵이었다
두 살 아래 여동생이
홍역을 앓고 있었다
이쁘게 생겨 이름 대신 이쁜이라 불렸던
동생은 어느 날 뒷채로 넣어졌고
방엔 군불이 지펴졌다
그리곤 무당의 굿이 이어졌는데
두어 시간의 굿이 끝난 후 방문을 열어보니 동생은 이
미 죽어 있었다
영화와도 같은 그 장면은 오십 년이 지난 지금도 눈에
선한데
죽은 동생을 가마니에 둘둘 말아 응달산으로 떠났던
아버지도 돌아와선 "차라리 읍내 의원에나 갈 걸" 하며
서럽게 울었다

생존율

여덟 명 태어나
내 위로 누나 둘 형 하나
내 아래로 여동생 하나 죽고
넷이 살아남았으니

생존율 50%

삐라에 관한 추억

울진 삼척에 무장 공비가 나타났다는 그해
나는 뒷집에서 아이들과 한문을 배우고 있었다
동네에 학교가 없어 어른들이 한문 선생을 모셔온 것인데
아이들이 많아 방은 늘 북적였다
그날도 나는 천자문을 들고
뒷집으로 뛰고 있었는데 마침 하늘에서 비행기가 날며
삐라를 뿌리고 있었다
아이들은 공부도 잊은 채 팔랑팔랑 날리는 삐라를 줍기
위해 산으로 밭으로 뛰었고
어떤 아이는 나무에 걸린 풍선을 벗겨 의기양양 집으로
돌아오기도 했다
삐라에는 공비들의 자수를 권유하는 문구가 적혀 있었
는데 그러거나 말거나 종이가 귀한 동네에서 삐라는 애어
른 할 것 없이 탐나는 물건
누군 딱지 접고 누군 벽에 바르고 누군 부뚜막에 붙이
고 누군 똥딱개로 쓰고

며칠 후 완전 군장을 한 군인들이 개울 길을 지나갔고
읍내 어디에선가 공비가 사살되었다는 소문이 마을까지

돌았는데, 그 후 어른이나 아이나 삐라에 관한 이야기는
입도 벙긋하지 않았다

그런 날 올까

46년 만에 돌아온 고향에서
덜컥 폐암 선고를 받았다
어릴 적 네 번이나 죽을 고비를 넘기고도 살아남았던
고향
지난 해였던가
계룡산에서 온 도인은 터를 지키고 있는 조상신이 날
보살펴준다고 했는데
이번에도 기적적으로 살아날 수 있을까
살아서 내 생을 다할 수 있을까
살아서 어릴 적 앞집 무당 할머니 말씀처럼 부자가 될
수 있을까
살아서 경포대에서 만난 어떤 스님의 말씀처럼 훌륭한
사람이 될 수 있을까
살아서 무세중 선생의 예언처럼 노벨문학상을 탈 수 있
을까
기적처럼

선택

지금 내가 선택할 수 있는 일은
굴종하여 노예로 살던가
저항하여 완전한 독립을 쟁취하거나
나무에 매달린 빗방울처럼 떨어져 바닥이라도 적시거나
입 닫고 조용히 살거나

사람이 가장 무섭지요

산중에 사니까
외롭지 않냐
무섭지 않냐
묻는 사람이 많습니다
외롭긴요
외로울 틈이 있어야 외롭고
무서울 틈이 있어야 무섭죠
외롭고 무서운 거야
도시 사람들에게나 있지
산중에선 그럴 일이 없습니다
외롭다 싶으면
저녁에 단풍나무와 참나무
초대하여 한잔하면 되고
무섭다 싶으면
산양이나 멧돼지 초대하여
한잔하면 되거든요
외로운 거나 무서운 거나
다 사람으로 인해
생기는 건데

산중엔 사람이 없으니

외로울 일도 무서울 일도 생기지 않아요

나무가 사람에게

사기를 치겠습니까

버들치가 지나가는 사람을

먼저 때리겠습니까

지나가던 바람이 뺨을 치겠습니까

우리도 서울살이 해봤잖아요

살아보니 도시가 더 외롭고 거기 사는 사람들이 더 무

섭더만요

허허

사북사태

대학에 가니 각지의 학생들이 다 모였는데, 정선에서 왔다고 하면 정선이 어디냐고 묻는 친구들이 많았다

"정선?"

지금처럼 6시 내 고향이나 전국노래자랑 같은 프로가 있던 시절도 아니고 인터넷이 있던 시절도 아니어서 정선을 설명하는 일이 여간 힘들지 않았다

— 정선아리랑 민요가 탄생한 동넨데 몰라?

정선아라리가 널리 알려진 시절이 아니어서 모른다는 답이 돌아왔다

— (고심 끝에) 사북사태 알지? 그 동네가 정선이야

1980년 4월에 있었던 사북항쟁은 당시 전두환 신군부에 저항한 최초의 노동자 투쟁이었으나 폭도들이 일으킨 '사북사태'로 더 유명했고, 친구들은 텔레비전에 나온 사북을 떠올리며 정선이 탄광촌인 줄만 알았다

"아, 사북 고한은 탄광촌인데, 정선은 물 맑고 공기 좋고…"

라고 더 설명을 해야 함에도 나는 더 이상 말을 잇지 못했다

정선을 설명하기 어려웠던 1982년 이야기

취생몽사

밤새 술 마신 아침 눈은 펄펄 나리고

나는 술이 덜 깬 채 인간들의 비겁과 비열을 생각한다

그리고 나는 왼손잡이 없는 나라와 왼쪽 깜빡이가 없는
마을과

좌회전이 없는 동네와 좌측통행이 없는 나라와

좌뇌가 없는 마을을 생각하고 또 좌측 어깨가 없는 인
간과

좌측 날개가 없는 새와 좌측 눈알이 없는 짐승과

좌측 다리가 없어 뒤뚱뒤뚱 걷는 동물과 좌측 귀가 없어

세상의 소리를 절반밖에 듣지 못하는 인간들의 침묵과
고독을 생각하다

입이 절반밖에 없어 더 비열하고 더 비겁해진 자본주의
나라의 정의와 공평을 생각한다

위장 취업

1
아르바이트도 없던 대학 1학년 겨울
충남대 다니던 친구와
보따리 싸 들고 서울로 돈 벌러 갔다
청량리역 인근 전봇대에 붙어 있는 구인 광고를 보고
전화를 걸었더니 미아리 대지극장 앞으로 오라 했다
대지극장 앞 공중전화에서 극장 앞이라며 다시 전화를
거니
잠시 후 한 여자가 나타났다

2
여자는 도로변에 있는 건물 4층으로 올라가더니
우리를 무슨 무슨 실업이라는 간판이 있는 사무실로 안
내했다
달랑 철제 책상 하나에 의자 두 개가 있는 사무실은 벽
에 그림 한 점 걸려 있지 않아 삭막하기 이를 데 없었다
의자에 앉은 여자는 책상 위에 있던 이력서를 내밀었다
— 우린 대학생인데, 학생이라는 것도 써야 하나요?
친구의 말에 여자는 "대학생이라고 하면 취직 안 되니

국졸이라고 쓰세요" 라고 말했다

여자의 말에 나는 단 한 줄, 〈1976년 정선국민학교 졸업〉이라고 쓰곤 이력서를 건넸다

이력서를 받은 여자가 "주민등록증 가지고 왔지요? 맡기세요. 퇴사할 때 돌려줄 겁니다" 했다

여자는 우리가 취직한 회사가 어떤 회사인지 말도 해주지 않았고, 국졸을 우대하는 회사였기에 우리도 굳이 묻지 않았다

서류 작업을 끝낸 여자는 지원자가 더 있으니 잠시 기다리라고 했다

3

조금 있으니 여자 한 명과 남자 둘이 사무실로 들어왔다

그들은 우리가 했던 그대로 국졸 이력서를 쓰고 주민등록증을 여자에게 맡겼다

4

오후 4시가 되자 여자는 회사로 갈 것이니 자신을 따라오라고 했다

나와 친구를 포함한 지원자 다섯은 여자를 따라 거리로
나섰다
버스 정류장에 우리를 대기시킨 여자는 568번 버스가
오자 타라고 했다
어딜 가는 버스인가 싶어 버스 앞창을 살폈더니 천호동
행 버스였다

5
버스는 다시 청량리로 나가더니 광장동을 지나 광진교
를 건넜다
다리를 건널 때 키가 작은 버스 차장은 토큰과 버스표
가 몇 장인지 세고 있었다
바깥이 추웠던지 차창으로 김이 서렸다
나는 옷소매로 유리를 닦고 네온이 들어오는 서울의 밤
거리를 바라보았다
때는 겨울이었고 어둠은 일찍 내렸다

6
여자는 미나리꽝 지나 천호동 구사거리 어디쯤에서 내

리라고 했다

여자를 따라 내린 곳은 서울의 변두리였는지 2층 건물이 즐비했다

거리엔 플라타너스 가로수가 서 있었고 시간은 퇴근 시간이었다

7

여자를 따라간 곳은 공원이 30여 명 조금 넘는 가방 공장이었다

여자는 우리를 사장에게 인계하곤 공장을 떠났다

사장은 신입 사원인 우리에게 잘해보자며 악수를 하곤 공장장에게 우리를 넘겼다

그러는 사이에도 미싱 돌아가는 소리는 끊이지 않았다

공장 벽시계는 저녁 5시 50분을 가리키고 있었다

8

저녁 6시가 되자 저녁 식사를 한다며 장방으로 몰려갔다

정어릿국에 깍두기만 있는 밥상에 밥은 꽁보리밥이었다

9

첫날부터 작업에 투입되었다

밤 7시, 공장장은 작은 쪽가위를 주더니 가방에 붙어 있는 실밥을 뜯으라고 했다

작업은 밤 9시가 되어서야 끝이 났다

남자들이 사용하는 숙소는 방이 하나였다

스물여덟 명이 자야 하는데 칼잠도 부족했다

이부자리랄 것도 없는 방, 잠은 오지 않았다

10

다음 날 아침 식사는 8시, 작업은 9시 시작이었다

점심 12시 저녁 6시, 작업은 밤 9시에 끝났다

공장장에게 물으니 하루 13시간 노동에 쉬는 날은 격주로 일요일만 쉰다고 했다

한숨이 턱, 나왔다

11

쌍문동에서 놀다 온 거 아는데, 여기선 그러면 안 되지

공장 선배들이 시비를 붙기 시작했다

나이로 보면 두어 살 위 정도가 몇 명 있는 가방 공장,
그들이 내게 쌍문동 이야기를 했다
　쌍문동이 어딘지도 모르는 나였기에 나는 헛웃음만 지
었다

12
　붙을까 말까
　함께 입사한 충주 사는 친구가 제법 주먹을 쓸 줄 알았다
　오늘 밤에 다구리 함 하지 머
　그랬지만 싸움은 일어나지 않았다
　그들은 내가 쌍문동에서 날린 유명한 싸움꾼으로 알고
있었고, 그 소문이 천호동까지 났다고 누군가 말해줬다
　그래, 싸워서 이길 게 뭐 있나
　말로 이기는 게 상수지

13
　그때부터 생활은 편했다
　잠도 좁은 숙소를 떠나 식사를 하는 너른 방에서 친구
와 둘이서만 잤다

춥긴 했지만 칼잠을 자도 되지 않으니 살 것 같았다

가끔은 퇴근 후 강원도 출신 공장장과 통닭에 술을 먹기도 하고 쉬는 날이면 빨래를 들고 근처 여관에서 일박하기도 했다

가방 공장 월급이라는 게 먹여주고 재워주고 월 3만 3천원인가 했는데, 그 동네 여관비가 1만 5천원이나 했다

친구와 나는 그 돈이 아까워서라도 밤새 빨래를 말려 다음 날 오후에나 공장으로 돌아오곤 했다

14

설날을 앞두고 남자 아이 한 명이 도망을 쳤다

전북 고창이 고향인 열아홉 먹은 아이였다

사장은 아이를 찾기 위해 전화기를 돌렸다

아이는 밤이 되어서야 건달들에게 잡혀 공장으로 돌아왔다

얼굴엔 맞은 흔적도 역력했다

공돌이 공순이는 뛰어야 벼룩이었다

도망친다 해도 서울역 청량리역 남부터미널 등 몇 군데만 지키면 다 잡혔다

15

주민등록증 하나로 사람이 사람을 사고팔던 그런 시절
있었다

정월대보름

어릴 적 정월대보름이 되면

큰 떡시루에다 오곡이 든 찰밥을 가득 했다

대보름이 보름간 이어지는 명절이다보니 찰밥을 많이
하는 건데

밖에 둔 밥이 얼면 솥뚜껑에다 들기름 두르고 노릿노릿
눌궈 먹는 재미도 좋았다

대보름 동안 아이들은 돌을 나뭇가지 사이에 넣으며 나
무를 시집보내거나 망우리*를 돌리거나 이웃집 장작을 훔
치거나 찰밥을 훔쳐 먹는 놀이를 하며 보냈다

대보름 기간에는 찰밥을 훔쳐도 장작을 훔쳐도 죄가 되
지 않았다

땔감이 없어 추위에 떠는 집과

먹을 것이 없어 배곯고 있는 집을

위한 배려인데, 조상들의 지혜가 담긴 놀이였다

실제로 울 어머닌 저녁이 되면 찰밥을 가져가라고 바가
지에 담아놓기도 했으니 놀이를 빙자한 그 시절의 나눔은
아름답기만 했다

세상이 바뀌어 문전걸식하는 사람도 없고 밥을 훔쳐 먹
는 일도 없다 하지만 지금도 빵 하나 라면 하나 훔치다 징

역 사는 장발장 뉴스가 가끔 뜬다

　먹을 것 때문에 죄인이 되는 경제대국 대한민국,

　　대문 활짝 열어놓고 너나없이 나누던 어릴 적 정월대보

름 놀이는 그저 추억일 뿐

* 쥐불놀이를 정선 지방에선 망우리라고 함.

UFO

아이 어렸을 적 나는 성남에 살았고
부모님은 제기동에 사셨다
길가 한옥집 방 한 칸에 세 들어 사는
부모님을 뵈러 가기 위해
전철을 타고 가는데, 건대역에서 성수역 구간
지상에서 UFO를 보았다
"승범아, 저거 UFO다. 맞지?"
전철이 지상으로 달리는 몇 초 사이
한강 하구 김포 쪽 하늘은 노을이 물들고 있었고
노을 사이로 UFO가 사진으로 봤던 그 모습대로
번쩍이며 공중에 멈춰진 게 보였다
우리 부자의 소란으로 다른 승객들도
차창을 내다보며 미확인 비행 물체를 확인하고
있었고, 전철은 이내 성수역 구내로 진입하기 시작했다

그날 밤 9시 뉴스에 아들과 내가 본 UFO가
뉴스 화면으로 나왔을 때
아들과 나는 손뼉을 마주치며 기뻐했다
"맞지? 우리가 본 게 UFO 맞다잖아!"

그랬던 미확인 비행 물체가 지금도 미확인된 세상이니
아들과 내가 본 건 대체 뭔지

합석

대추리 미군기지 이전 반대 투쟁 깨지고 난 후
강릉에서 작은 문화 행사가 있다 하여
사회를 보러 갔다
행사 끝나고 행사장 근처 어느 갈빗집에서
뒤풀이 겸 식사 자리가 있었는데
나는 초대 가수로 온 정태춘 형과 손병휘와 한자리에
앉았다
고기가 구워지고 술도 한 잔씩 할 무렵, 옆 빈자리에 행
사 참석자 중 한 사내가 앉았다
눈인사 정도로 합석을 한 후 술잔은 더 돌았고, 서로 인
사도 나누었다.
가수 정태춘입니다
가수 손병휘입니다
소설가 강기휘입니다
변호사 권성동입니다
그렇게 인사를 나누고 또 술 몇 잔이 비워지고,
정태춘 형이 변호사 권성동에게 물었다
— 우리 아는 사이지요?
권성동이 아, 예 오랜만입니다 잘 지내셨죠 하고 말을

받았다

무슨 일이냐고 내가 물었고 정태춘 형이 답했다

1996년 무렵인가 저 냥반이 서울중앙지검 공안 검사할 때인데, 날 간첩으로 엮으려고 1년을 조지더만 그때 친구들 다 떨어지고 난리도 아니었지

예, 그랬던 시절이 있었습니다만 다 지난 이야기죠 권성동이 말을 얼버무리더니 강릉지검에 후배가 있는데 불러도 되겠냐고 했다

다들 고개를 끄덕이니 전화를 걸었는데 잠시 후 사내 하나가 헐레벌떡 들어왔다

— 강릉지검에 근무하는 김영종 후배 검사입니다

권성동의 소개에 다들 인사 한마디씩 하고 술잔이 또 돌았다

— 전화 걸자마자 득달같이 달려오는 거 보면 선배가 무섭긴 한가봅니다

김영종 검사에게 그렇게 말하자 그는 "그럼요" 했다

— 가만 노무현 대통령 때 검사와의 대화에서 이쯤 되면 막 나가자는 거죠? 라는 말 나오게 만든 검사 맞죠?

내가 다시 그렇게 묻자 김영종 검사가 겸연쩍은 듯 웃

으며, 그래서 강릉으로 쫓겨났잖습니까 했다

대추리 미군기지 이전 반대 깨지고 기분도 울적한데 어쩌다 합석한 술자리 또한 바늘방석을 깔고 앉은 듯 편치 않았다

술맛이 떨어지는 건 당연지사

정태춘 형 그만 서울로 올라가야겠다며 자리를 털고 일어나자 손병휘도 따라 일어났다

합석도 자연스레 깨졌는데

밖으로 나와 담배 하나씩 물고

노래를 불렀다

기희야, 세상엔 희망 같은 건 없으니 희망을 품지 마라

태춘이 형, 대추리 깨지고 몸도 깨지니 희망이 있을 리 없지요

태춘이 형 노래 톤으로 가사를 즉석에서 주고받다가 서로 잘 가라며 헤어졌다

그 후 정태춘 형을 한동안 보지 못했다 이명박이 대통령이 되고 난 후 어쩌다 광화문 집회 현장에서 형을 만나기는 했지만 형은 기타 대신 사진기를 들고 다녔고, 강릉에서 만난 권성동은 청와대 법무비서관으로 임명되었다는 뉴스가 떴다

화절령

꽃 꺾다 울던 동학군
꽃 꺾으며 웃던 일본군
눈물의 꽃 너는 아니
너는 아니 웃음의 꽃

군인들이 넘으며 꽃 꺾다 웃던
누이들이 넘으며 꽃 꺾다 울던
너는 아니 희망의 꽃
절망의 꽃 너는 아니

꽃 꺾다 웃던
꽃 꺾으며 울던

126년 만에 쓰는 新사발통문

오호, 통재라!

1894년 11월 25일, 그날은 하루 종일 눈발이 날렸겠구나
아니, 몹시 센 강바람이 불어 산발된 머리가 얼굴을 가리기도 했겠구나
왜놈의 포승줄이 목을 휘감을 때는 두 눈을 부릅떴겠구나

"이런 역적놈들! 나라를 들어먹고도 웃음이 나오더냐!"
토벌대로 나선 강릉부사 이희원에게 침을 뱉기도 했겠구나

"내가 내 나라 내 땅에서 쪽바리 왜놈의 손에 죽어가다니! 내 저승에 가서도 왜놈을 징치하리라!"
토벌대를 이끈 일본군 대위 이시모리를 향해선 고개를 당당하게 들었겠구나

찬바람 부는 정선 녹도벌에서 죽어갔겠구나
이찌 니 산, 일본군 구령에 따라 동지들과 함께 목이 늘어졌겠구나
〉

그리하여,

정선 농민군 지도자 지왈길 장군의 피가 이곳 녹도에
스몄구나

이름 없이 죽어간 숱한 동학 농민군의 피는 또 여기에,
저기에 스몄구나

다들 정선 골짜기 골짜기에 살던 정선 사람들이 아니었
던가

비탈밭 갈아 힘겹게 농사짓던 농꾼들 아니었던가

오호라, 들린다!

일본군에 빌붙은 강릉부사 이희원의 웃음소리가!
일본군에 충성한 중군 이진석의 웃음소리가!
일본군 대위 이시모리의 웃음소리가!
빠가야로! 빠가야로 조센징!
하며 비웃는 그날의 소리가 126년이 지난 지금까지 녹
도벌에 떠도는구나!

그리하여,

다시 2020년 11월, 우리는 사람이 곧 하늘임을 알리는
新사발통문을 쓴다
농민 형제들이여!
녹도로 모이시오!

보국안민輔國安民!
척양척왜斥洋斥倭!

사람이 곧 하늘입니다!

5부

백두대간에 핀 무명 꽃들이여!

프롤로그

1

제1차 세계대전에 이어 제2차 세계대전을 거치는 동안 전 세계는 제국주의 강국에 의한 침탈이 끝도 없이 이어졌다 그 시절 순하게 살아가던 대부분의 나라는 제국주의 침략에 도미노처럼 쓰러졌고 민중들은 졸지에 식민지 백성으로 전락했다 가공할 신식 무기를 앞세운 제국은 그렇게 영토를 확장했고, 조선도 갑오왜란 이후 50년 간 일제의 통치를 받았다

제2차 세계대전 끝 무렵인 1945년 8월 15일, 태평양 전쟁에서 미제에게 패한 일제의 항복으로 조선반도도 지긋지긋했던 50년 식민 시대를 마감했다 거리로 쏟아져 나온 백성들은 조선 독립 만세!를 외쳤으나, 우리의 힘으로 이루지 못한 광복은 또 다시 외세를 불러들였고 북위 38도선을 기준으로 북쪽은 소련 해방군, 남쪽은 미국 점령군이 각각 진주했다 하나였던 조선 땅은 그렇게 두 동강이 났다

2

1948년 8월 15일 일본 천황은 일본말로 항복을 선언하며 미제국주의 앞에 무릎을 꿇었다

세계 질서가 미제국주의로 재편되는 순간, 조선 사람들은 천진하게도 만세만 외쳤다

조선 독립 만세!
대한 독립 만세!
만세! 만세! 만세!

패전국이자 전범 국가인 일본이 분단되어야 하는 그 시기, 임자 없는 땅이라고 생각한 조선반도가 남과 북으로 강제 분단을 당했으니

그 공허함이란!
그 허탈함이란!

3

남쪽의 사회주의 항일 운동가와 청년 지식인들이 통일

조국을 꿈꾸며 대거 북으로 올라가고
  땅을 빼앗긴 북쪽의 지주들은 이를 갈며 남으로 내려왔다

  평등을 위해 기득권을 버리는 이와 독식 구조를 즐기는
이들이 38선에서 교차하는 시간
  여운형이 주도한 건국준비위원회는 미군정 하에서 철
저하게 무시되다 끝내 문을 닫았다

미제 만세!

  1
  미제가 점령한 남쪽은 친일파 세상이었다
  미군정은 친일파를 등용하여 일제에 익숙했던 백성들
을 다스리게 했다
  친일파는 미제 만세를 부르며 웃고 또 웃었다
  신이 난 일제 경찰 출신과 일본군 출신 반민족 친일파
는 더 높은 자리를 꿰어차곤 독립운동가를 잡아들이고
살육했다

친일 경찰 노덕술은 해방 공간에서 항일 독립운동가 김원봉의 뺨을 후려쳤다

"이 빨갱이 새끼!"

김원봉은 억울함에 삼 일 밤낮을 통분하다 북으로 올라갔다

해방 공간, 어처구니없게도 친일 경찰 출신 노덕술은 반공주의자로 변신했고 항일 독립운동가 김원봉은 빨갱이가 되었다

김원봉 일족은 독립운동가 김원봉을 가족으로 둔 죄로 다 죽임을 당했다

그 모습을 목격한 사람들은 움찔했다

일제나 미제나 다 같은 제국주의라는 걸 그제야 깨달았고

해방은 화려했으나 삶은 두려웠다

미군이 점령한 남쪽은 그런 나라였다

2

조선총독부와 지방의 행정 관료로 일제에 복무했던 자들이 더 높은 직급으로 복귀하여 일제 때보다 더 많은 권력을 행사했다

시골 동네 면서기도 급사 출신도 나라를 구한다며 애국 전선에 뛰어들었고, 그들은 어느 틈엔가 지독한 반공주의자가 되어 있었다

"빨갱이를 처단하라!"

그러는 사이 여운형이 암살당하고 김규식이 죽고 박헌영이 월북하고 김구가 암살당하고 또 누가 죽고 죽고 죽고 다 죽고 미국을 등에 업은 이승만만 살아남아 대통령이 되었다

미군이 점령한 남쪽은 그런 나라였다

'무찌르자 공산당'만 외치면 과거를 묻지 않았다
'빨갱이'만 입에 달고 살아도 과거는 저절로 세탁되었다
친일파는 만세를 불렀다
나라를 되찾기 위해 목숨을 걸었던 독립운동가들은 하릴없이 쓸쓸했다

이승만이 대통령인 남쪽은 그런 나라였다

3

나라 팔아먹은 매국노들이 자자손손 기쁨을 누리며 사는 나라

친일파가 더 큰 권력을 누리며 사는 나라

매국노들이 독립운동가를 향해 손가락질하는 나라

친일파가 독립운동가를 잡아들이고 고문하고 살육하는 나라

백성들은 살길을 찾아 북으로 남으로 흩어지고 뭉치고 싸우는 사이

38선은 더 단단하게 굳어지고

젊은 전사들은 빨치산이 되어 삼엄해진 38선을 뚫고 몰래 고향땅을 밟았다

"어머니, 아버지 불초 소자 제가 돌아왔습니다. 통일은 제가 이루겠습니다."

교복 입고 북으로 간 학생이

양복 입고 북으로 간 청년이

총 든 빨치산이 되어 남으로 내려왔다

4
남과 북이 갈라진 몇 년 사이
남쪽의 친일 경찰은 미제 경찰이 되어 있었다
검둥검둥 검둥개가 되어
빨갱이 사냥을 즐기고 있었다
일본 군복을 입었던 자들은 국방수비대 군복으로 갈아
입고
노랑노랑 노랑개가 되어
천황의 명령을 따르듯 미제 장군의 명령을 받들며 일본
칼을 휘둘렀다

"조센징, 고노야로!"

영문 없이 죽어간
영문 없이 불태워진
이들이 마을마다 산을 이루었고
그들이 흘린 피와 기름이 내를 이루었다
동네 개들조차 그 골짜기로는 걸음을 하지 않았고
까마귀들은 시신을 파헤치며 까악까악 울었다
〉

사람들은 검둥개를 죽일 놈들이라 욕했고
노랑개만 보면 미제 앞잡이들이라 욕했다

사람들은 죽지 않기 위해
산으로 올라가 야산대가 되거나 빨치산이 되었고
검둥개와 노랑개들은 그들을 쫓는 일로 하루하루가 즐
거웠다

조국 통일을 꿈꾼 그대들이여!

1
북으로 올라갔던 청년 지식인들이 38선을 넘었다
전사가 되어 남으로 내려왔다
한 줄로 열을 지어 내려왔다
동강 난 조국을 하나로 만들기 위해 내려왔다
총을 들고 내려왔다
점령군으로 온 미국놈들 욕을 하며 내려왔다
반도를 동강 낸 일본놈들 욕을 하며 내려왔다

가장 먼저 출발한 이호제 부대는 안타깝게도 오대산에서 토벌대에 의해 소멸되었다

두 번째로 출발한 이현상 부대는 백두대간을 따라 지리산으로 향했다

1949년 8월 가장 늦게 출발한 김달삼 부대는 백두대간을 따라 일월산으로 갔다

제주 4·3 유격대 사령관 출신인 김달삼이 사령관이고 남도부가 부사령관으로 꾸려진 정예 빨치산 부대였다

일제 강점기 야산대 활동을 했던 항일 전사들이 김달삼 부대에 속속 합류했다

팔공산에서 활동하던 대구 6연대 장병들도 김달삼 부대에 합류했다

제주 4·3 진압 명령을 어기고 부대를 나온 여수 14연대 장병 일부가 김달삼 부대에 합류했다

"우린 나라를 지키는 군인이지 백성을 살육하는 일제 헌병대가 아니다!"

2

산길을 타고 남으로 온 빨치산은 오대산을 넘어 상원산을 넘어 고양산을 넘어 태백산을 넘어 지리산으로 가거나 오대산에서 가리왕산을 지나 함백산을 지나 태백산을 지나 일월산으로 갔다

일월산으로 간 김달삼 부대는 봉화재에 여장을 풀었다

아지트를 만들고 환자트를 만들었다

친일파들의 득세와 횡포를 견디지 못했던 백성들은 환호했다

밤이면 산사람들을 위하여 잔치도 벌였다

돌아갈 땐 식량도 챙겨 주었다

사람 사는 세상이 별건가, 양반과 노비 구분 없이 지배 계급과 하층 계급 구분 없이 누구나 고루 평등하게 잘 먹고 잘 살면 되는 거지

백성들은 토지를 몰수하여 무상으로 분배하는 김일성을 위해 만세도 불렀다

소작인으로 노비로 살아가던 천년 한이 풀리는 듯했다

〉

밤이 되면 김달삼은 대원들을 이끌고 지서를 공격했다
검둥개들은 총을 버리고 도망쳤다
마을은 해방구가 되었다
대원들은 빨치산 노래를 부르며 아지트로 돌아왔다

태백산맥에 눈 나린다 총을 메어라 출전이다
눈보라는 밀리어 오나 마음 속엔 피 끓는다
높은 산을 넘고 넘어 눈에 묻혀 사라진 길을 열고
빨치산은 영을 내린다 원수를 찾아 영을 내린다

참고 견디는 고향 마을 만나러 가자 출전이다
고난에 찬 산중에서도 승리의 날을 믿었노라
높은 산을 넘고 넘어 눈에 묻혀 사라진 길을 열고
빨치산은 영을 내린다 원수를 찾아 영을 내린다

빨치산이 지나간 자리엔 어김없이 검둥개들이 몰려왔다
마을을 불 지르고 동리 주민들을 죽이고 태웠다
애 어른 할 것 없이 불타 죽었고
어머니와 며느리와 딸이 한 공간에서 강간당하기도 했다

남편 가슴팍에 총부리를 겨누고 아내를 겁탈하기도 했다

사람과 사람 사이에서 생길 수 없는,
사람의 이름으로 할 수 없는,
천벌을 받을 일이 도처에서 일어났으나
말리는 이도 말릴 수 있는 상황도 아닌 처절한 시간이
흘러갔다

3
토벌대가 기승을 부리자 김달삼 부대는 백두대간을 타
고 오르내리며 활동했다
포항 내연산에 있다는 소릴 들었는데 김달삼은 어느새
울진 백암산에 나타났다
하룻밤 백 리를 뛰고 뛰었다

그 무렵 빨치산을 소탕하기 위해 태백산 전투사령부가
대규모로 꾸려졌다
미군의 지원으로 무기와 군수품은 넘쳐났다
노랑개들이 나타나면 비누 냄새가 골짜기를 덮었다

가끔은 비행기도 떴다

비행기는 삐라를 뿌리며 선회하다 물러갔다

삐라엔 투항을 권유하는 글이 적혀 있었고, 삐라를 들고 오는 자에 한에선 죄를 묻지 않겠다는 약속문도 있었다

고된 산 생활에 지친 때문일까

밤이면 사라지는 대원이 생겼다

다음 날이면 사라진 대원이 노랑개를 데리고 아지트를 급습했다

대원들은 총 한 번 겨누지 못하고 어이없이 죽어갔다

그런 날이면 김달삼 부대는 새로운 아지트를 찾아 떠났다

그곳에서도 대원의 배신으로 오래 버티지는 못했다

배신의 계절은 그렇게 이어졌고 조국 통일은 그만큼 멀어져갔다

4

겨울이 오면서 고립이 잦았다

마을에 있는 레포와 선이 끊어지기도 일쑤였다

식량은 떨어진 지 오래

보급 투쟁도 번번이 실패했다

마을에서 올라오는 음식 냄새를 견뎌야 하는 것도 일상
이었다
토벌대는 곳곳에서 출몰했다
대원들은 날콩을 씹으며 이 산에서 저 산으로 뛰었다
공포와 죽음은 무시로 찾아들었다
대원들의 수는 점점 줄어들어
조국 통일을 완수하기 전
얼어 죽고 굶어 죽는 일이 먼저 생겨났다

묘지 없는 죽음이 늘어났다
산자락 어디께에 묻었다고 하나
기억하는 이도 찾는 이도 없는 돌무덤뿐이었다
조국 통일이 이루어지는 날 찾겠다는 약속도 지켜지지
못했다
눈물을 흘릴 시간도 없이
퇴로를 찾아 뛰어야 했다

5
퇴로를 찾아 북으로 향하던 김달삼 부대는

정선아라리 가락이 흐르는 아우라지 인근에서 괴멸되었다

밤 시간 토벌대의 총탄이 별처럼 쏟아졌고 포탄도 펑펑 터졌다

3월이었고 이후 마을엔 김달삼 모가지 잘린 골이라는 지명이 생겨났다

그러나 그러나

그 어디에도 김달삼의 흔적은 없었다

국방부는 김달삼 모가지를 잘랐다고 발표했지만

북에서는 김달삼이 평양으로 무사히 귀환했다는 보도가 나돌았다

그 후 김달삼의 행적은 묘연했다

(김달삼은 대체 어디로 갔을까?)

제주 4·3 유격대 사령관으로 백두대간 빨치산 사령관으로 통일 조국을 위해 청춘을 바쳤던 김달삼은 남과 북

어디에도 없다
  그가 간 곳은 통일 조국,
  조선반도로 갔다

  6
  통일은 그렇게 멀어져가고 그들의 죽음은 잊혀졌다
  조국 통일을 꿈꾸던 이들은 백두대간 자락에 꽃으로 피
어났다
  누구는 붉은 꽃으로
  누구는 노랑 꽃으로
  누구는 흰 꽃으로
  피어나 산을 오르는 이들을 향해 인사했다
  흔들흔들,

  안즉 통일은 이루어지지 않았지요?

  흔들흔들, 흔들리며 물었다

에필로그

백두산에서 시작되어 금강산 설악산 태백산 소백산을
지나 지리산까지 이어진 백두대간은 늘 민족의 운명과 함
께 했다 동학군이 지나간 길로 의병이 걸었고 의병이 지
나간 자리로 빨치산이 지나갔다

그러는 사이 숱한 죽음이 있었고
그 죽음들은 이름조차 남기지 못했다

죽어도 눈 감지 못한 이들은 꽃으로 꽃으로 피어났고
바람은 그들의 설운 이야기들을 마을로 실어 나르지만
시절은 그때나 지금이나 속절없었다

지금 생각해도 백두대간에서 벌어진 일들은
아득한 것이었으나
서러운 역사였고
눈물겨운 투쟁이었다
〉

남과 북이 하나로 하나 되고 외세가 물러나는 날,
해방춤 추며 꽃 잔치나 해야겠다

강기희에게 띄우는 시편들

정선에 간다

손세실리아

그는 퍼슬퍼슬한 장발 질끈 묶고
사시사철 검정고무신에
주야장천 티벳 민속의상 차림이다
튀는 행색으로 치자면야 영락없이
여자나 후리고 다니는 사이비 도인이거나
술 탁발 일삼는 땡추로 보이지만
알고 보면 필력 짱짱한 글쟁이다
누가 반골 관상 아니랄까봐
궂은일 발뺌 못해 사지육신 편할 날 없다
요즘 그가 제정신이 아니다
아무나 붙잡고 통사정이다
묵납자루 가는돌고기 돌상어
헤까닥 헤까닥 배때기 뒤집고 떠오르는 강
줄초상난 동강을 누가 좀 살려달라 애걸복걸한다
강물이 구정물이 되고 똥물이 되는 동안
강 건너 불구경해온 내게
래프팅과 트레킹과 펜션과 정선오일장을
즐겨찾기해둔 내게 동강의 비보를 전한다

자리 만들 테니 겸사 다녀가라는 말
귓전으로 흘려버린 지 두어 해
그 많던 쉬리 깔딱깔딱 숨넘어가는데
시간 탓 거리 탓
망할 놈의… 탓! 탓! 탓!만 탓했다

나 오늘 정선에 간다
모든 걸 제 탓으로 돌리고 묵묵히 살아가는
아라리 아라리* 강기희 보러 간다
한 수 배우러 간다

* 아리리· 고운 님.

도깨비 서점

전윤호

한 해 선배 강기희는
할 말이 많아
소설가가 되었다
머리 기르고 수염 놔두고
걸핏하면 왼쪽 구호를 외쳐대
정선 노인들 눈 밖에 났다
평생 1번만 찍던 동네에
군청 앞 1인 시위는 또 얼마나 황당했던가
다슬기처럼 집을 지고 다니더니
비 오면 차 끊어지는 골짜기
덕산기에 책방을 차렸단다
어차피 안 살 놈은 읍내라도 안 오지
동네 산을 주름잡던 송구가
겁 많은 애들 울리다가
까마귀도 얼어 죽던 겨울 사라졌는데
지금 보니 계곡에서 책을 판다
책도 안 읽는 사람들 비웃으면서
반딧불을 모아 밤을 밝힌다

엄마는 시장에서 나물을 팔고
아들은 산중에서 책을 판다
미련한 사람만 보면 장난치는
도깨비처럼

정선에서
— 강기희에게

나해철

아우라지 강가는
시오리 길

내 님 계시는 골짜기로
시오리 길

길은 굽이굽이
깊기만 해서

백년이 다 가도록
못 가겠네
천년이 다 가도록
못 가겠네

함께 살기, 함께 아파하기

최광임
(시인 · 두원공대 겸임교수)

"사람은 누구나 가슴에 시를 품고 산다"(영화 〈시〉)라고 하지만 그들이 다 시인이 되지는 않는다. 모든 삶은 다 시라는 말이 맞긴 하지만, 그렇다고 삶 자체가 모두 시로 탄생하는 것은 아니기 때문이다. 삶에 시적인 행위가 있어야만 비로소 시가 된다. 시는 나를 벗어나 우리가 되었다가 우리와 나 사이를 넘나들다 다시 내게로 오는 것이다. 모든 삶이 오롯이 내 것이 되었을 때, 시는 보편성을 얻게 된다.

니체는 "살아 있는 움직임을 끊임없이 볼 수 있고 주변에 맴도는 환영들을 계속 경험할 수 있다면 그가 곧 시인이다"라고 했다. 머릿속으로 말을 떠올려 적는 사람이 아

니라, 실제로 눈앞에 보이는 것들을 글로 옮겨놓는 일이
다. 진정한 시인에게 그는 "은유란 수사학적 어법이 아니
라 개념의 대체물로서 실제로 어른거리는 영상"이어야 한
다고 말한다.

1

강기희의 시는 니체의 말처럼 "머릿속으로 말을 떠올려
적"은 것이 아니다. "실제로 어른거리는 영상"들의 은유
다. 그의 시의 발원은 척박한 삶의 터전과 부조리한 세상,
정의가 일그러진 세계이다. 그럼에도 강기희의 의식은 외
려 담대하고 꿋꿋하며 호방하다. 뤼순감옥 잔디 마당에서
안중근, 윤동주의 안부를 묻거나 둘러앉아 그들과 막걸리
사발을 돌리기도 한다. 그런가 하면 북녘땅 물빛 순하고
고운 어디쯤 통일책방을 열고 조선 사람, 아시아 사람, 세
계인을 불러들여 책 읽다, 술 마시다 노래하고 춤추다 죽
기를 소망한다. 문학 한마당인 셈이다. 평화롭고 화평한
공동체 삶을 꿈꾸는 것이다.

　살다가 생이 지루해질 무렵 덕산기 숲속책방 접고 북녘땅 물빛이
순하고 고운 어디쯤에다 작은 '통일책방' 하나 열었으면 좋겠다

　경상도 말투를 쓰는 시인과 전라도 말투를 쓰는 소설가와 충청
도 말투를 쓰는 화가와 함경도 말투를 쓰는 무용수와 평안도 말투

를 쓰는 소설가와 황해도 말투를 쓰는 소리꾼과 경기도 말투를 쓰는 장구쟁이와 정선 말투를 쓰는 내가 책방 앞 평상에 모여 앉아,

통일을 꿈꾸다 죽어간 이들도 떠올리고 황진이와 논개 매창도 불러내고 백석과 소월도 불러내고 안중근도 불러내고 김일성도 불러내고 호치민과 모택동 레닌 스탈린 김구도 불러내어, 731부대 출신 왜놈 두엇과 노덕술 등 악질 친일파 몇 놈도 끌어내 술심부름 시키면서 몇 날 며칠 책 읽다 술 먹다 노래하다 춤추다 어느 순간 숨이 딱 멎었으면 좋겠다
　―「통일책방 1」 전문

강기희가 꿈꾸는 유토피아이다. 국가 간의 전쟁이 없는 세상. 나라, 민족, 지역, 사람 사이 갈등이 없는 것만으로도 인류의 염원인 평화는 이룩된다. 그런데 시인, 소설가, 화가, 무용가, 소리꾼 할 것 없이 작은 책방에 모여 책 읽고 술 마시고 노래하고 춤추며 살다 "어느 순간 숨이 딱 멎었으면 좋겠다"라고 소망한다. 이만큼 완전한 유토피아는 없다. 죽는 순간까지 책과 술과 노래와 춤이 있는 세상이란 선계에서나 가능할 일 아닌가. 유토피아에서는 선과 악의 구분이 없을 뿐 아니라, 시간의 선후가 없다. 그러므로 황진이와 악질 친일파 노덕술까지 북녘땅 숲속책방에 있을 수 있다. 강기희의 선한 성품이 드러나는 대목이다.

시인은 의로운 사람, 악의에 희생된 사람, 사회의 부조리에 항거하는 사람에 대하여는 깊은 애착을 드러낸다. 동시에 친일파, 악질 경찰, 위정자, 사회에 위악을 끼치는 사람을 호출하고 기록한다. 이때, 그들에 대하여 저주가 깊거나 악의적 미움은 보이지 않는다. "731부대 출신 왜놈 두엇과 노덕술 등 악질 친일파 몇 놈도" 호되게 내치지 않고 "술심부름 시키"는 정도로 책방 한 귀퉁이에 자리를 내어준다. 관용으로 대동 세상을 만드는 것이다.

러시아가 지어 일제로 넘어간 뤼순감옥 외관은 평화로웠다 하지만 감옥 안에서 일어난 일들은 붉은 벽돌이 주는 의미처럼 피의 공간이었다 이국에서 독립운동을 하다가 죽어간 수많은 이들 중 이름조차 전하지 못하는 이들도 있었다 의롭게 죽어갔지만 의로운 대접을 받지 못하는 그들의 심사를 대변했을까 뤼순감옥 잔디 마당에 그들의 숨결인 듯 영혼인 듯 민들레가 피어 있었는데 그 색이 곱기도 했다

나는 민들레꽃 사이에서 반갑게도 살쿠리를 발견했는데 마치 조선의 것인 양 반갑고 고맙고 하여 눈물이 다 났다

'혹, 안 의사 아니시오?'
　─「살쿠리 2」 부분

강 시인이 백두산과 간도 여행 중 뤼순감옥에 갔을 때
의 일이다. 시인은 그곳에서 이름조차 전하지 못하고 의
롭게 죽어갔을 수많은 이들을 떠올리며 추모한다. 그곳
마당에도 민들레가 있고 '살쿠리'가 있다. 조선에도 있으
며 특히 시인의 고향 정선에서는 살쿠리밥이 향토 음식일
정도로 친근하다. 시인에게 살쿠리는 시공간을 압축하는
매개물이자 재현되는 현재의 표상이다. 그런 살쿠리를 연
변 명동촌 윤동주 시인 생가에 갔을 때도 보았고 안중근
의사가 순직한 뤼순감옥 마당에서도 본 것이다. 시인의
말대로 "눈물이 다 났"을 것은 자명한 일이다. 시인은 자
꾸만 묻는다.

　뤼순감옥 뒷뜰에서 조선질경이를 만났다

　참 질기게도 살아왔구나
　그래 이등박문을 죽인 안중근은 보았더냐
　뭐라 하더냐
　혹, 두려움에 떨지는 않더냐
　조국을 그리워하지는 않더냐
　가끔은 가족 걱정에 눈물을 보이진 않더냐
　걸을 때 가슴은 활짝 펴고 걷더냐
　일본 간수놈 앞에서 고갠 당당하게 들더냐
　보름달이 떴을 땐 뭐 하더냐

형장으로 갈 때 다리는 떨리지 않더냐
그날 까마귀는 날지 않았더냐
눈은 내리지 않았더냐

자꾸만 물었다
— 「자꾸만 물었다」 전문

시인은 안중근 의사가 뤼순감옥에서 겪었을 고초와 형
장으로 끌려갈 때의 심중을 헤아리는 것만으로도 마음 아
프다. 일본 간수에게 악질적인 고문을 당하면서도 독립만
을 생각하였을 의사가 "보름달이 떴을 땐" 잠시라도 인간
안중근으로 돌아와 스스로를 위무했기를 바라는 마음의
갈피들이 물음으로 이어지는 것이다.
　질경이는 풀밭이나 길가 혹은 빈터 등 아무 데서나 번
식하는 여러해살이풀이다. 생명력이 강하여 수레바퀴에
짓밟히고 흙이 들떠도 뿌리를 내려 번식하는 풀이다. 시
인은 안중근 의사의 독립 의지를, 조선의 백성들을 질경
이와 등가시킨다. 질경이는 조선 땅 어디에서나 자생한다.
그런 질경이가 뤼순감옥 마당에도 자라고 있는 것이다.
시인에게는 민들레가 그렇고 살쿠리가 그렇고 질경이가
그렇다.
　오늘날 시인이 가진 주권과 자유는 안중근 의사나, 윤
동주 시인, 또 이름도 없이 죽어간 독립투사의 의로운 죽

음이 있었기 때문이다. 정의롭고 온정적인 품성의 시인은 뤼순감옥에서 죽어간 안 의사에게 빚을 지고 있음을 자각하고도 남음이다. 안 의사가 얼마나 울분했을지, 얼마나 고통스러웠을지, 얼마나 불안했을지, 얼마나 조선의 독립을 바랐을지를 시인은 짐작하고도 남을 일이기 때문이다.

2

실제로 시공간이 분리될 수 있는 것은 아니지만, 시공간의 개념을 "실체가 아니라 사물이나 사건들 사이의 시·공간적 관계로부터 생겨나는 구조물"이라고 말한 라이프니츠처럼 강기희에게 '질경이'는 사물이자 사건인 셈이다. 뤼순감옥이라는 실제적 공간에서 시간은 휘발되었지만, 그곳의 야생풀은 조선의 야생풀로 그리고 시인과의 사건으로 확대되어 시간이 연계된다. 시인이 살쿠리와 질경이에게 말을 걸 수 있는 기제가 되며, "살아 있는 움직임을 끊임없이 볼 수 있고 주변에 맴도는 환영들을 계속 경험"하는 상태가 되는 것이다. 이는 강기희가 안중근 의사와 한 국가(대한민국)에 함께하고 있다는 생각과 감정이며, 공동의 문제로 인지하고 해결에 참여하려는 공동체의식의 소산인 셈이다.

내가 저 미륵의 마을에 당도했을 때 저들은 내게 어디 사느냐 나이는 몇 살이냐 몇 학번이냐 결혼은 했냐 아이는 몇이나 있냐 월수

입은 얼마나 되냐 하고 다니는 꼴은 왜 그 모양이냐 하나도 묻지 않
았다 나도 저들에게 누가 당신들을 만들었느냐 당신들은 언제부터
이 자리에 서 있었느냐 세상이 말하는 천불천탑의 전설이 맞느냐
당신들이 바라보는 곳은 어디냐 대체 미륵 세상이라는 게 있기나
한 것이냐 묻지 않았으므로 우린 더 뜨거워질 수 있었다
　　─「안부」 전문

　강기희의 시 저변에 흐르고 있는 의식은 공동체적 삶으
로 보인다. 국경, 문화, 성별 구분 없이 어우러져 살기를
바라는 의식이라 할 수 있다. 이때, 정의와 부조리는 극명
하게 분별하면서도 사람에 관하여는 배타성이나 미움보
다 애정이 더 많은 편이다. 공동체에서 최우선으로 하는
미덕이기도 하다. 그러니까 강기희는 유토피아를 꿈꾸지
만 "미륵 세상이라는 게 있기나 한 것이냐"라고 묻지 않
는다. 그것은 시인이, 사람이 할 수 있는 일이 아니기 때문
이다. 당연히 사람의 영역 밖으로 생각하는 것이다. 신의
영역 외에 강기희가 할 수 있는 일은 물빛 순하고 고운 어
디쯤 책방을 열어놓고 책 읽고 음주·가무하는 일상의 유
유자적을 소망하는 것뿐이다.
　건강한 공동체는 집단이 구성원 각자의 존엄성을 인정
하는 데서 출발한다. 개인은 공동체의 이익을 존중하고 조
화를 생각해야 한다. 시 「안부」는 각자의 영역을 존중하면
서 함께하는 것이기에 "더 뜨거워질 수 있었"던 것이다.

대보름 기간에는 찰밥을 훔쳐도 장작을 훔쳐도 죄가 되지 않았다
땔감이 없어 추위에 떠는 집과
먹을 것이 없어 배곯고 있는 집을
위한 배려인데, 조상들의 지혜가 담긴 놀이였다
실제로 울 어머닌 저녁이 되면 찰밥을 가져가라고 바가지에 담아
놓기도 했으니 놀이를 빙자한 그 시절의 나눔은 아름답기만 했다
세상이 바뀌어 문전걸식하는 사람도 없고 밥을 훔쳐 먹는 일도
없다 하지만 지금도 빵 하나 라면 하나 훔치다 징역 사는 장발장 뉴
스가 가끔 뜬다
먹을 것 때문에 죄인이 되는 경제대국 대한민국,
대문 활짝 열어놓고 너나없이 나누던 어릴 적 정월대보름 놀이는
그저 추억일 뿐
— 「정월대보름」 부분

이 작품은 시인이 온 생을 다해 밀어온 공동체 의식의
근간이 되는 시라 할 수 있겠다. 배곯고 추웠던 시절에도
'배려'와 '나눔'은 삶의 기본적인 미덕이었다. 공동체 삶
이 완전해질 수 있는 절대적 힘이라 하겠다.
그러나 "먹을 것 때문에 죄인이 되는 경제대국 대한민
국"의 현실이, "어릴 적 정월대보름 놀이는 그저 추억"이
되어버린 현실이 강기희는 개탄스럽다. 경제대국이 되었
으므로 민생의 삶은 옛날과 다르게 윤택해져야 하는 게

맞다. 그런데도 "친일파가 애국자요 민족주의자요 권력이"(「최태규 옹」) 되어버린 세상, "나라 팔아먹은 매국노들이 자자손손 기쁨을 누리며 사는 나라 / 친일파가 더 큰 권력을 누리며 사는 나라 / 매국노들이 독립운동가를 향해 손가락질하는 나라 / 친일파가 독립운동가를 잡아들이고 고문하고 살육하는 나라"(「백두대간에 핀 무명 꽃들이여」), "1996년 무렵인가 저 냥반이 서울중앙지검 공안 검사할 때인데, 날 간첩으로 엮으려고 1년을 조지더만 그때 친구들 다 떨어지고 난리도 아니었"(「합석」)던 세상이 되어버렸다.

제러미 리프킨은 한국의 경제가 발전할 수 있었던 강력한 동력으로 한국인의 공동체 의식을 꼽았다. 그러나 신자유주의 시장경제가 양산한 계층 간의 소득 격차로 인해 한국의 원심인 집단 공동체 의식이 약화하고 있다고 지적한 바 있다. 그렇다. 현재, 많은 사람이 강기희처럼 전통문화 속에서 삶의 형식을 터득하고 내재화한 것은 아니다. 강기희의 공동체 실천적 삶이 특별한 이유이다.

3

"인간은 자기 자신의 역사를 만든다. 그러나 인간은 자유로운 의지로부터가 아니고, 스스로 선택한 상황에서가 아니라 직접적으로 대면하고 주어지며 넘겨받은 상황에서 만든다"라는 마르크스의 말은 강기희에게 합용된다.

삶의 토대(조건)는 물질적일 수밖에 없다. 그 물질적 토대는 지형적 영향에 따라 결정된다. 강원도 덕산기의 토양과 섭생이 지금의 강기희 시인을 만든 것이라는 말이다.

강기희의 삶의 토대는 강원도 정선군 오지 중의 오지인 덕산기에서부터 시작되었다. 계간『디카시』(제25호 봄호) '그곳 그 계절' 꼭지에 덕산기의 겨울 풍경을 디카시와 함께 쓴 산문에서 강 시인은 이렇게 말한다.

"9대 조부부터 할아버지와 아버지의 태와 무덤이 지척에 있고 내 태까지 묻힌 덕산기. 초가집을 학교로 사용하던 덕산분교 2학년이던 1971년. 그해 가을 나는 아버지를 따라 정선 읍내로 이사를 했다. 풍운의 꿈 따위도 없이 그저 '먹고 살기 위해' 떠난 고향이었다. 당시 우리 가족의 이삿짐은 피난민 수준이었다. 자식이라고 넷 있지만 나이 스물에 장가를 든 큰형을 제외하곤 올망졸망 다들 어리니 도움이 되지도 못했다. 당시 나는 이삿짐이라고 빈 책가방에 조선무 두 개를 넣곤 낑낑거리며 혹은 투덜거리며 읍내까지 사십 리 길을 걸어서 들고 갔는데, 배고픔을 핑계로 도중에 먹어버리고 싶은 마음이 간절할 정도로 무겁고 힘든 여정이었다."

강기희의 고향인 덕산기는 9대 조부터 삶의 터전이 된 곳이다. 시대가 그러했듯이, 산속의 삶은 척박했던 것 같다. "이삿짐은 피난민 수준이었다"라는 대목에서 시인의 유년기를 지배한 물질적 구조를 알 수 있다. 아버지 대에서야 그곳을 떠났지만, 그것은 순전히 "먹고 살기 위해"서였다. 가난으로 하여 사회로부터 많은 것을 규제당하고 소외되는 것들이 많았을 것임을 짐작할 수 있다. 그런데도 강기희에게 훼손되지 않은 영역이 있었다. 가족 공동체 안에 위계적인 사랑과 관용과 배려가 있었을 것이며, 서로 돕는 일을 기본으로 삼았을 터이다. "배고픔을 핑계로 도중에 먹어버리고 싶은 마음이 간절"했음에도 어린 기희는 책가방 속의 무를 지고 읍내까지 왔다. 거기엔 "올망졸망"한 형제들과 가족이라는 공동체에 대한 배려가 있었기에 가능한 일이었다. 이렇듯 공동체 속에서 정서적으로 안정된 이들은 각자라는 느낌보다 긴밀히 연결되어 있다고 느끼며 살기 마련이다. 이 훼손되지 않은 영역이 시인의 근간이 되었을 것으로 본다.

단 한순간도 한눈팔지 않고 살아온 우리 부모님은
평생을 말벌처럼 일만 하고 살았다
해방 후엔 서북청년단 놈들에게 시달리기도 했고
남들 다 받는 고무신 한 켤레 밀가루 한 포대 받지 못했지만
시류에 영합하지는 않았다
이후 금광 한답시고 집 날리고 광활 심었다가 빚잔치한 울 아버지
사는 게 사는 일이 아닐 즈음 아버지는 주천강 길 따라 먼 길 떠

나고

　울 어머이 소원은 번듯한 집 한 채 갖는 것이었다

　내 살던 집마저 불에 타버리자 그누므 집이 뭐라고

　저 뺑때에 방 한 칸 마련한 말벌이 부럽기도 하여 눈물 촉촉이 흘린 가을날 있었다

　―「그런 날 있었다」 전문

　남들은 친일파 자식이 되어 대대손손 땅땅거리며 잘만 사는데

　남의 아버지는 군부독재 정권에 빌붙어서 잘만 사는데

　또 남의 아버지는 사람 등쳐먹고 사기 치는 걸 알려주어

　그 자식들이 사기꾼도 되고 국회의원도 되고 청와대도 근무하고 부자도 되고 하다못해 동네 졸부로도 살아가는데

　왜 그런 것 하나 물려주지 않아 이 시대에 순응하지 못하고 불뚝불뚝 저항하는 축에 속해 살아야 하는지에 대해 따질랍니다

　―「따질랍니다」 부분

　강기희의 삶의 자세 중 하나는 "시류에 영합하지" 않는 일이다. 가족 공동체 안에서 자연스레 체득된 기질인 셈이다. 공동체의 특성은 같은 이익을 위해 움직이며 같은 문화를 형성한다는 점이다. "그런 것 하나 물려주지 않아 이 시대에 순응하지 못하"는 것처럼 아이는 아버지의 문법을 통해 가족 사회라는 구조 밖의 사회를 배우게 되는 것인데, 그런 아버지는 "단 한순간도 한눈팔지 않고 살아

온" 유형이다. 어린 기희가 최초로 접하는 사회, 즉 아버지로부터 시류에 영합하는 삶이 어떤 것인지를 배우지 못했다. 그러다 보니 "울 어머이 소원은 번듯한 집 한 채 갖는 것"이었으나, 아버지나 시인이나 어머니의 소원을 이루어드리지 못했다. 벼랑에 집을 지은 말벌이 오히려 부러웠던 어느 해의 상황이 오롯이 드러난다.

4

공동체 의식은 충(忠)의 윤리보다 서(恕)의 윤리에 가깝다. '충'이 흔들리지 않는 마음의 중심으로 개인적 내적인 자기완성이라면, '서'는 나와 타인의 마음을 동일하게 하는 것으로 사회적 차원의 자기완성이기 때문이다. 공동체 의식은 인(仁)을 실천하는 기본적 자세로 남과 나를 동시에 살리려는 의지를 말한다.

밤새 술 마신 아침 눈은 펄펄 나리고
나는 술이 덜 깬 채 인간들의 비겁과 비열을 생각한다
그리고 나는 왼손잡이 없는 나라와 왼쪽 깜빡이가 없는 마을과
좌회전이 없는 동네와 좌측통행이 없는 나라와
좌뇌가 없는 마을을 생각하고 또 좌측 어깨가 없는 인간과
좌측 날개가 없는 새와 좌측 눈알이 없는 짐승과
좌측 다리가 없어 뒤뚱뒤뚱 걷는 동물과 좌측 귀가 없어
세상의 소리를 절반밖에 듣지 못하는 인간들의 침묵과 고독을

생각하다

　입이 절반밖에 없어 더 비열하고 더 비겁해진 자본주의 나라의 정의와 공평을 생각한다

　—「취생몽사」 전문

　자본주의는 기본적으로 '인'이 없다고 보아야 한다. 자본주의 이념의 진실은 은폐되어 있다. 특정한 몇몇에만 헤게모니가 주어진다. 그런데도 자본의 혜택이 모든 이에게 골고루 적용되는 것처럼 위장한다. 정의롭지 않기 때문에 정의를 사회 가치로 상정하였으며, 본성적으로 공평하지 못하기 때문에 공평을 위장한다.

　시인은 알고 있다. 그러한 자본주의를 확장하는 것은 비겁하고 비열한 행위이다. 그런 행위는 수단과 방법을 가리지 않고 자기 이익을 취하는 위악을 사회 보편성으로 규정하기를 주저하지 않는다. 시장은 개인의 능력만큼 돈을 벌게 해준다는 환상을 심어준다. 자본주의의 커다란 매혹이 아닐 수 없다.

　공동체 의식을 삶의 근간으로 체화한 시인에게 이러한 사회는 반쪽짜리 세상으로 보일 수밖에 없다. 좌와 우는 분리된 것이 아니라 상호 보완적인 '관계'로 유기적이어야 한다. 예를 들어, 좌뇌의 기능인 언어만 해도 단어와 문법만으로 완전한 의사소통을 이룰 수 없다. 뉘앙스와 억양을 구분하는 우뇌의 기능이 합쳐질 때, 말 한 마디, 문

장 하나도 제대로 구사할 수 있게 되는 것과 같다. 자본주의 나라에는 "세상의 소리를 절반밖에 듣지 못"해 침묵하고 고독해지는 인간들과 "입이 절반밖에 없어 더 비열하고 더 비겁해진" 인간들로 나뉜다. 자본주의 자체가 소외와 비겁을 양산하였고 여전히 정의와 공평을 비열하게 앞세운다는 것이다.

> 외로운 거나 무서운 거나
> 다 사람으로 인해
> 생기는 건데
> 산중엔 사람이 없으니
> 외로울 일도 무서울 일도 생기지 않아요
> 나무가 사람에게
> 사기를 치겠습니까
> 버들치가 지나가는 사람을
> 먼저 때리겠습니까
> 지나가던 바람이 뺨을 치겠습니까
> 우리도 서울살이 해봤잖아요
> 살아보니 도시가 더 외롭고 거기 사는 사람들이 더 무섭더만요
> 허허
> —「사람이 가장 무섭지요」 부분

자본주의 횡포가 전 세계를 지배했지만 범접하지 못하는 영역은 있다. 한 주체가 삶을 어떤 방식으로 살 것인가

174

에 따라 '침묵'과 '고독' 그리고 '비겁'과 '비열'로부터 얼마간 자유로울 수 있다. 도시의 메커니즘은 자본의 유동성으로 조직된다. 그곳에서의 삶은 자본의 속성으로부터 자유롭지 못하다. 시인에게 무서운 것이야말로 그 자본의 환상적인 매혹에 빠진 사람들이다.

시인은 서로 경쟁하고 해하는 시장의 삶에서 자발적으로 떠나왔다. 숲속에 책방을 열었다는 선택적 행동이 이를 증명한다. 자본이 갖는 규제에서 자유롭겠다는 의식을 동반한 것이라 본다. 그러니 외롭거나 무서울 것이 없다. "외롭다 싶으면 / 저녁에 단풍나무와 참나무 / 초대하여 한잔하면 되고 / 무섭다 싶으면 / 산양이나 멧돼지 초대하여 / 한잔하면 되"기 때문이다.

강기희 시인은 이미 부자이다. 수많은 도시인들이 로망으로 상정해놓은 삶을 이미 살고 있기 때문이다. 뭇사람들의 내일을 어제부터 사는 강기희의 삶은 기적이다. 그렇기에 "이번에도 기적적으로 살아날 수 있을까"(「그런 날 올까」)라고 자문하는 강기희 시인에게 내일은 기적이 일어날 것이라고 믿는다. 🔳

달아실 기획시집 20

우린 더 뜨거워질 수 있었다

1판 1쇄 발행	2022년 6월 15일
1판 3쇄 발행	2024년 10월 18일

지은이	강기희
발행인	윤미소
발행처	(주)달아실출판사

책임편집	박제영
기획위원	박정대, 이홍섭, 전윤호
편집위원	김선순, 이나래
디자인	전부다
법률자문	김용진, 이종진

주소	강원도 춘천시 춘천로 257, 2층
전화	033-241-7661
팩스	033-241-7662
이메일	dalasilmoongo@naver.com
출판등록	2016년 12월 30일 제494호

ⓒ 강기희, 2022
ISBN: 979-11-91668-39-1 03810

이 책의 판권은 지은이와 (주)달아실출판사에 있습니다. 양측의 동의 없는
무단 전재 및 복제를 금합니다.

• 잘못된 책은 구입한 곳에서 바꿔드립니다.
• 책값은 뒤표지에 표시되어 있습니다.